O URSO TERRORISTA
e outras histórias de cinema, teatro e televisão

Mario Masetti

O URSO TERRORISTA
e outras histórias de cinema, teatro e televisão

Ilustrações
Luiz Briquet

Sá editora

Capa
Sílvia Massaro

Ilustrações de capa e miolo
Luiz Briquet

Preparação de texto
Marina Ruivo

Revisão, Coordenação Editorial e Projeto Gráfico (miolo)
YANG Assessoria Editorial

Impressão
Bartira Gráfica e Editora Ltda.

Dados Internacionais de Catalogação na Publicação (CIP)

M396u Masetti, Mario.
O urso terrorista e outras histórias de cinema, teatro e televisão / Mário Masetti ; ilustrações Luiz Briquet. – São Paulo, SP : Sá, 2016.
128 p. : il. ; 21 cm.

ISBN 978-85-8202-048-7

1. Literatura brasileira. 2. Crônicas brasileiras. 3. Televisão. 4. Teatro. 5. Cinema. I. Briquet, Luiz. II. Título.

CDU 869.0(81)-94
CDD 869.8

Índice para catálogo sistemático:
1. Crônicas brasileiras 869.0(81)-94

(Bibliotecária responsável: Sabrina Leal Araujo – CRB 10/1507)

Para Carlos Meceni e Henrique "Taubaté" Lisboa,
homens integralmente das artes,
por suas alegrias e exemplos de vida.

Índice

Histórias que o público não vê

Oswaldo Mendes[1]

João José Pompeo foi um dos melhores atores da sua geração, formado nos primeiros anos da década de 1960 pela Escola de Arte Dramática de São Paulo. Uma unanimidade. No teatro e nas telenovelas. Ao ator de talento e inteligente somava-se uma pessoa adorável. Pompeo, você está ensaiando novo espetáculo? Estou sim. E como é? A peça é excelente, o diretor brilhante, o elenco de primeira, a produção impecável, o teatro dos melhores. Que ótimo! Mas vai ser um fracasso. Como assim? Ninguém irá assistir, a peça é muito difícil.

Outra vez, alta madrugada, fim de ensaio no Teatro de Arena, todo mundo sem cigarro. Na época fumava-se muito nos ensaios. E todos fumavam. Cinco ou seis atores espremidos num fusca saem à procura de um bar aberto. No primeiro que aparece, alguém se dispõe a descer e comprar cigarro para todos. Pompeo, que marca você fuma? Não adianta, nesse bar não tem. Não enche, qual a marca? Depois de muita insistência Pompeo diz. O comprador volta e lhe entrega o maço. Toma, quem disse que não tinha? Está aí o seu cigarro. Pompeo não se dá por vencido e encerra a conversa – aposto que era o último.

---

1 Ator, diretor, jornalista e, sobretudo, um bem humorado homem das artes.

Pompeo não se definia como pessimista, mas sim um ator com consciência crítica do seu ofício. Que seja. Como ele, em suas vidas, atores e atrizes, técnicos, profissionais de teatro, cinema e televisão, todos protagonizaram ou testemunharam episódios que ajudam a compor biografias e o panorama de uma época, de uma geração. Episódios quase sempre divertidos, alguns nem tanto, a indicar quanto o acaso e o inesperado movem esse ambiente de personalidades complexas, competências diversas e paixões inflamadas que se entrelaçam para, além de divertir e entreter, ser espelho da humanidade.

Mario Masetti, que por décadas transita nessas três áreas de criação, reúne neste livro alguns casos que, ele diz, "são uma pequena amostra de como levamos a nossa vida". Mais que isso, desvendam as pequenas misérias e grandezas de um cotidiano de equilibristas apaixonados pelo seu fazer. Casos que ajudam a compor a biografia de consagrados e anônimos profissionais, atores famosos e obscuros contrarregras ou cenotécnicos. Casos que, de tantos, certamente deverão inspirar o autor a escrever novas coletâneas como esta.

Por zelo e cuidado compreensíveis, ao contrário da minha sem-cerimônia com o querido Pompeo, Masetti mantém o anonimato dos personagens, embora em alguns episódios isso possa enfraquecer o caráter exemplar da narrativa. Como aquela do ator que tem um "branco" no momento crucial do espetáculo, sai de cena e é devolvido a ela pelo tapa do assistente de direção. "Branco" todo ator já teve, tem e terá. Saber que um grande ator também passa por isso torna o episódio exemplar, além de mais saboroso, creio. Compreende-se, porém, a opção do autor em não nomear seus personagens, pois isso não impede o leitor de deliciar-se com os casos narrados com carinho por quem conhece a fragilidade dessa gente que se propõe tão generosamente, no palco e nas telas, a ser "espelho do mundo".

Por que este livro?

A ideia deste livro surgiu da tentativa frustrada de se fazer uma série de televisão na qual histórias seriam contadas para mostrar a vida e o dia a dia de atores, diretores e técnicos de teatro, cinema e TV, através de causos ora engraçados, ora emocionais, ou ainda curiosos. Minha ingenuidade não me permitiu ver como é difícil e impenetrável o mundo dos canais a cabo, que são os que geralmente exibem os programas seriados. Foram alguns anos desperdiçados com a realização de pilotos com equipe e atores que trabalharam prática ou efetivamente de graça, viagens para o Rio de Janeiro, na tentativa de apresentar o projeto, preenchimento de muita papelada para satisfazer as exigências de órgãos governamentais e muita, muita ansiedade.

Nada deu certo. Batemos na trave acreditando nas promessas de realização da série que não aconteceram. A TV brasileira ainda tem dificuldades para admitir programas que não tenham o sotaque carioca. Com os argumentos prontos para treze programas, ficaria fácil transformá-los em histórias para serem lidas em uma publicação. Completaríamos com mais algumas e pronto! Teríamos um livro. Mera ilusão. Foram meses e meses na tentativa de deixar as histórias ritmadas e palatáveis para este novo formato.

Os casos narrados são histórias que fazem parte da lenda do mundo das artes. Histórias às vezes cômicas, às vezes misteriosas, tristes ou ainda emocionantes. Uma tentativa de demonstrar a essência da profissão.

Este livro tem como objetivo, além do entretenimento, formar um painel da atividade artística brasileira, contemplando o que a profissão tem de mais essencial: a diversão, a solidariedade e a capacidade de se livrar dos piores "micos" com bom humor e comprometimento.

Todas as histórias contidas no livro são verdadeiras. Algumas presenciei pessoalmente e outras me foram contadas como realmente acontecidas. É claro que uma bela dose de *invenção* foi aplicada durante o período de escrita, pensando em deixar as histórias mais saborosas para o leitor. Os nomes dos envolvidos foram trocados para evitar constrangimentos. É portanto um livro de ficção que teve como ponto de partida, historias verdadeiras.

Mario Masetti

Luiz Briquet!

Ter o livro com capa e ilustrações feitas pelo Luiz Briquet é uma sorte rara.

Briquet é um artista refinado e com um poder de síntese invejável. Alguns traços simples mostram, com humor e beleza, o essencial das histórias que aqui são contadas.

Tenho absoluta certeza de que o livro ganhou muito com a presença de Luiz Briquet em suas páginas.

Só me resta agradecê-lo por sua participação sempre empenhada. Em um pequeno intervalo de tempo, Briquet criou várias joias para ilustrar as histórias.

Sorte minha poder contar com o trabalho deste artista. Sorte maior ainda do leitor, que poderá desfrutar do livro acompanhado dos belos desenhos, além de sua belíssima capa.

Obrigado, Briquet!

Cala a boca, baixinho!

Teatro João Caetano, Rio de Janeiro, apinhado. Era a estreia de *Lampião no Inferno*, de Jairo Lima, direção de Luís Marinho. Espetáculo cômico, popular e extremamente brasileiro. O João Caetano, com sua sala enorme, mais de mil lugares, permitia que se cobrassem ingressos muito baratos, quase de graça. Portanto, contava-se com o privilégio de ter uma plateia que ia ao teatro, a maioria pela primeira vez.

Blecaute, o público aos poucos silencia. Carlos Vianna, grande ator popular brasileiro, se posiciona na boca de cena. Aguarda o silêncio total e um foco de luz, único, que se acende sobre ele. Solene, olha cara a cara os espectadores e depois de um tempo diz a fala inicial da peça: "Meu nome é Lampião, cabra valente do sertão". Imediatamente é cortado por uma voz, vinda da plateia, sotaque forte nordestino: "Cala a boca, Baixinho!". O espetáculo naquele dia não foi o mesmo. O elenco olhava para Vianna e não conseguia segurar o riso.

O GRANDE
CAVICHIOLLI

Medíocre
ou
Maldito piso ensaboado

O Cavichiolli é um ator medíocre. Na acepção da palavra. Médio, sem destaque, comum, modesto, pequeno. Sempre fez papéis secundários, ou ainda terciários, nas novelas de TV. Mais por ser conhecido de diretores e autores, nos papos das horas vagas nos botecos e padarias, que por suas qualidades profissionais. Mas aos poucos foi se firmando nas pontas que fazia e acabou sendo uma figura conhecida nos meios artísticos. Gordinho, bonachão, era querido por todos que, sempre que possível, o colocavam em pequenos papéis nas produções. Tinha também uma segunda atividade. Gerenciava uma pequena rede de restaurantes no centro da cidade, propriedade do Nestor Bicalho, diretor, autor e produtor de novelas de sucesso. Solteirão inveterado, Cavichiolli levava a vida assim, na mediocridade, passando as manhãs e tardes nos estúdios da TV, mais na padaria ao lado, jogando conversa fora e esperando sua hora de gravar, e eram poucas essas horas. E as noites passava transitando entre os pequenos restaurantes de Nestor Bicalho, conferindo estoques, fazendo pedidos e resolvendo tretas. Brigas, calotes, bebuns.

Um dia, Cavichiolli foi convidado para fazer uma peça de teatro. Com a companhia de Flaviano Peixoto, o famoso ator dos espetáculos politicamente engajados. Um sucesso. Três anos em cartaz, nos melhores teatros do Brasil. Corriam os temidos anos 70. A peça falava, através de metaforas, de questões emergentes da política brasileira. A ditadura, a censura, a violência policial, torturas, mortes. E, surpresa, Cavichiolli era um sucesso dentro do espetáculo. Seu personagem era a sua cara. Medíocre, comum. Por isso fazia sucesso. Era o personagem que trazia para o chão as questões intelectuais que eram discutidas na peça. Suas intervenções provocavam o riso no espectador, tornando o personagem simples e simpático. Sua vida mudou. Cavichiolli se intelectualizou. Ao final das sessões, participava de debates com o público. Passou a frequentar os restaurantes da classe artística, sempre nas mesas mais concorridas e ao lado de Flaviano, agora seu mestre e guru.

Em uma temporada no Centro-Oeste, na cidade de Campo Grande para ser mais exato, Cavichiolli arrumou uma namorada. Moça simples, modesta, sem destaque... também medíocre. Mas simpática. Trouxe-a para São Paulo e casou com ela. Rose.

Mas um dia a temporada acabou. Cavichiolli se viu, de uma hora para outra, sem horizontes e perspectivas e, como a grande maioria dos artistas, passou a ser um cavador, correndo atrás de trabalhos que pudessem garantir a sua sobrevivência, agora homem casado, com responsabilidades e principalmente dívidas. Voltou aos bares e padarias vizinhas à televisão pedindo emprego. Mas esse mundo é implacável e as promessas de trabalho não aconteciam. Dias e dias intermináveis na espera de uma mísera pontinha numa novela. Noites de ronda pelos bares e restaurantes da classe, se mostrando, se exibindo, quase que implorando por um papel, mínimo que fosse, em qualquer espetáculo. Nada... Procurou por textos que pudesse fazer e, como último extertor, resolveu produzir seu próprio espetáculo. Juntou economias, pediu uma grana ao sogro e, em dois meses, estreava num teatrinho do Bexiga uma peça pequena, sem destaque, modesta... medíocre. Um fracasso retumbante! E assim, saía de cena Cavichiolli, um ator medíocre.Passaram-se anos sem que seu nome fosse lembrado.

É uma profissão cavernosa, má, cruel. Assim como no futebol, em que, para cada jogador famoso, existem centenas, milhares de bons atletas correndo atrás da fama, às vezes nem isso, correndo apenas atrás da estabilidade, da possibilidade de viver com dignidade exercendo o seu ofício. Inúmeros profissionais se sujeitando a desrespeitosas filas de testes para filmes comerciais em busca de ganhar um dinheiro tão desrespeitoso quanto as próprias filas. Outros, muitos também, emprestando seus corpos já murchos e cansados para vestir roupas suadas de batmans, fadinhas ou super-homens em festinhas de crianças, por cachês miseráveis. Ou ainda, expondo-se diariamente como mercadoria de feira, na esperança de serem chamados por produtores e diretores de alguma emissora de TV para participar de um programa que lhes garantirá um dinheiro que é nada, praticamente um vender o almoço para pagar a janta. Tudo isso quando não for pior. Atividades artísticas que beiram o *bas-fond*, a prostituição. E assim caminham a cultura e as artes neste país.

Mas, voltemos ao Cavichiolli. Como que por um milagre, um dia a sua estrela brilhou numa reunião de casting de uma produtora cinematográfica. O diretor era Enzo Mutarelli, conhecido por seus filmes de humor sutil e elencos inusitados. E foi numa dessas que o Cavichiolli foi lembrado. Achá-lo já foi um sufoco! Ninguem sabia de seu paradeiro. Várias vezes pensou-se em procurar outro ator, já que ninguém tinha sequer a menor dica de onde encontrá-lo. Imaginou-se até o pior: teria morrido? Mas a estrela continuou brilhando e, quando já não havia mais esperanças, adentra a sala de Enzo a produtora de elenco dizendo que havia encontrado o Cavichiolli e mais, tinha falado com ele. Morava numa cidade do interior, Termas de São Macário, e estava aguardando uma ligação da equipe de direção.

Cavichiolli tinha se virado todo esse tempo. Já não trabalhava mais como ator. Aproveitou-se dos dotes culinários de sua esposa e havia montado uma cozinha que preparava refeições para funcionários de fábricas próximas à cidade em que morava. Rose preparava a comida diariamente e ele dispunha as marmitas na caçamba de uma velha pickup e entregava nas fábricas. Produziam também encomendas para festinhas de aniversário, salgadinhos, docinhos, refrescos, bolos e tudo mais. Levavam a vida com dificuldades, mas levavam. Graças ao pai de Rose, santa alma, tinham conseguido um empréstimo para comprar uma casinha, simples, comum, sem destaque... medíocre. Mas que estava ótima para quem estava numa vida nova, longe do falso glamour da vida artística.

Soa a campainha do telefone: George, assistente de Enzo, convidando-o para o filme. Disse não, mas a vontade de dizer sim era muito forte e George não teve que se esforçar muito para convencê-lo. Doze diárias de filmagem, ele conseguiria se organizar com Rose colocando alguém para cobri-lo e levar as refeições às fábricas. E assim Cavichiolli faz sua *reentrée* ao mundo colorido e fascinante do cinema. Era um papel pequeno, mas suficiente para que a mosca azul o picasse de novo. Reviu amigos de longa data, deu entrevistas para jornais e canais de televisão. Foram duas semanas deliciosas para que Cavichiolli se sentisse artista de novo.

O filme teve relativo sucesso. Seu personagem, ainda que medíocre, foi elogiado pelos críticos. E assim, picado pela mosca azul, Cavichiolli retornou à sua cidadezinha medíocre, para sua casinha medíocre, para sua esposa medíocre, louco por novas oportunidades que o tirassem daquela vidinha... medíocre. Voltou macho, falando alto, o que fez com que Rose estranhasse suas atitudes. Falou em voltar para São Paulo e retomar a carreira. Apavorada, Rose ligou para seu pai pedindo que ele interviesse. Cavichiolli está enlouquecido, querendo jogar para o alto a segurança que foi conquistada em anos, a duras penas. O pai de Rose foi curto e grosso: "Se quiser voltar pra São Paulo, que pague a dívida da casa e se vire, agora sem mais nenhum tostão de ajuda". Cavichiolli amarelou. Reconsiderou e seguiu vivendo a vidinha medíocre, porém agora com a picada da mosca azul.

Passaram-se mais alguns anos. A vida continuava igual para Cavichiolli e família. Medíocre. Um dia, toca o telefone. George de novo. Enzo estava preparando uma continuação do filme de anos atrás e contava com Cavichiolli no elenco. Cavichiolli nem falou com Rose. Topou de cara. Começou a fazer projetos. Agora sua vida artística deslancharia. Iria se desfazer de tudo e voltar para São Paulo. Com o dinheiro, pensou, além de alugar um *flat*, contrataria uma assessoria de imprensa para dar um gás à sua carreira. Afinal, tinha um filme para ser feito e uma história profissional que não era de se jogar fora. Comentou eufórico com George, num dos telefonemas, que agora a coisa iria acontecer. Finalmente a tão esperada fama chegaria. Falava com uma voz estranha, sua fisionomia alterada, olhos injetados, respiração ofegante. George concordava com ele sem nenhum entusiasmo, recomendava cautela a Cavichiolli. Sabia do mercado cinematográfico no Brasil e mais ainda dos filmes de Enzo Mutarelli, considerados *miura*, sem apelo comercial. Rose percebeu a movimentação do marido e estrilou. Tudo aquilo era uma loucura. Iria ligar para o pai novamente caso Cavichiolli continuasse com aquelas ideias. Macho, Cavichiolli mandou ela calar a boca, a partir de agora quem dava as ordens era ele.

Criou coragem e ligou para Enzo, que o atendeu cordialmente e, sem saber de nada, disse que estava terminando o roteiro final do filme e fazia questão de levá-lo pessoalmente para Cavichiolli. Marcaram uma data dali a um mês.

A partir de então, Cavichiolli começou a preparar a vinda de Enzo Mutarelli até Termas de São Macário. Seria recebido com um almoço inesquecível. Mandou comprar champagne, vinhos e licores em uma loja de São Paulo. Encomendou um cardápio para Rose, camarões, aves sofisticadas, risotos, caviares, vieiras, aperitivos. Basta de mediocridade, decretou o visionário. Tudo do bom e do melhor para receber o amigo cineasta. Apavorada, Rose tentava mostrar os gastos com aquela empreitada, que iam muito além de suas posses. “Foda-se”, bradava o Cavichiolli. “Vamos recebê-lo com todas as pompas. Minha vida está mudando. Cavichiolli volta para o mundo das artes em grande estilo”. Gritava quixotesco com aquele olhar suspeito, alucinado. Rose, assustada, achou melhor acompanhar aquela loucura calada.

Finalmente chega o dia. Mesa posta, com toalha de renda nunca antes usada. Móveis da sala sem os lençóis que os cobriam. Diversos tira-gostos colocados em pratinhos de fina porcelana. O casal coloca suas melhores roupas, um pouco fora de moda e de propósito para a ocasião. Perto da hora marcada para a chegada do diretor, Cavichiolli vê um cocozão do cachorro exatamente na reta do portão à porta da casa. Depois de uma bronca descabida em Rose, pega um esguicho e um esfregão e lava com sabão o quintal emporcalhado.

No meio da operação, a campainha soa. No portão surge George, barbudo e de bermuda. Enzo teve um contratempo e não pôde vir. Estava com o roteiro em mãos para entregar ao ator. Rápido e desajeitado, Cavichiolli vai até o portão, passando pelo piso cerâmico ainda totalmente ensaboado. Foi um tombo de cinema. Se estabacou no chão numa posição indescritível. Quem viu a cena, não conseguiu esconder a cara de espanto. Entre gemidos, Cavichiolli foi rapidamente colocado na van e levado para um hospital. Sem saber o que fazer, George se desculpa e diz que voltará em breve, assim que ele estiver refeito. E vai embora com o roteiro na mão. Rose percebeu o roteiro e o sonho de Cavichiolli voltando para São Paulo, mas preferiu ficar calada.

Alguns meses depois, sem ter feito o filme e ainda se recuperando das inúmeras fraturas sofridas pelo tombo, Cavichiolli adentra o cinema na noite de estreia do filme, cadeira de rodas, empurrado por sua resignada esposa. Morrendo de ódio, mas sem poder reclamar com ninguém. Rose, ao contrário, era toda sorrisos, tão feliz estava pela continuidade de sua vida... medíocre.

O giro para a direita

Corriam os ensaios, ritmo acelerado, vésperas de estreia. Um musical para crianças, recheado de canções e coreografias. Tudo muito colorido e alegre. O diretor acompanhava o trabalho, preocupado com alguma coisa que não ia bem. Ele não sabia exatamente o quê, mas intuía. Sabia que o problema estava nas danças e resolveu falar com a coreógrafa. Ela, bastante chateada, confidenciou que Dedé, a melhor bailarina e cantora do espetáculo, não fazia giros no palco virados para a direita, por uma questão religiosa: desalinhava os chacras e não era bom para as vibrações positivas. Num intervalo dos ensaios, resolveu falar com a atriz, dizendo que aquela atitude desalinhava era o espetáculo, tornando as coreografias feias e repetitivas. Dedé insistia que não poderia mudar, seus gurus reprovariam tal atitude. O diretor disse então que estavam num impasse, alguém teria de mudar, muito mais fácil ela, do que todo o elenco. E ficou por isso mais um tempo: Dedé ameaçada de ter que deixar o espetáculo e o espetáculo ameaçado de ter as coreografias sacrificadas por uma atriz que não girava para a direita!

Alguns dias depois, o diretor veio com uma solução boa para todos. Chamou Dedé num canto e lhe disse: "Toda vez que você girar para a direita, quando sair de cena, ainda na coxia, desgira!". Dedé pensou, pensou, poderou e disse: "Boa ideia!".

Até o final da temporada, toda vez que saía de cena, depois de uma coreografia, Dedé desgirava para a esquerda o número exato de giros que tinha efetuado para a direita. Nem um a mais, nem um a menos.

Teje preso

Artêmio Siqueira era um ator das antigas, sistemático, metódico. Levava a profissão com seriedade, daqueles que estudam seus papéis com profundidade, sem inventar nada fora dos parâmetros dados pela direção do espetáculo. Chegava no teatro pelo menos três horas antes do início da função, organizava a sua contrarregragem, checando todos os objetos que usaria em cena, verificava o figurino, material de maquiagem, e relaxava até o horário da sessão, deitado no palco do teatro, olhando os refletores e as varas com os cenários. Levava uma vida modesta, porém feliz. Fazia o que gostava. Não rejeitava papéis, o que viesse lhe estava bom. Por isso teve uma carreira com altos e baixos, às vezes representando personagens protagonistas, outras vezes, pequenas pontas. Fazia o que fosse, com o mesmo empenho e dedicação.

Dizem que o teatro é uma profissão de fé. Para alguns, sem dúvida. Pessoas que dedicam suas vidas à arte de interpretar, o que as transforma em sabedoras das mais diversas coisas, de acordo com os personagens que representam, estudando para que seus desempenhos se aproximem ao máximo do famoso tom que dê a impressão da verdade. Em período de ensaios, se transformam. Passam a viver diariamente como o personagem que estão trabalhando naquele momento. Copiam os trejeitos característicos daquela profissão. Passam a falar com as eventuais deformações que a atividade do personagem exige. Mancam, andam curvados, forçam graves e agudos em suas vozes, tudo com a intenção de chegar perto da perfeição em seus desempenhos profissionais. E viram médicos, caixeiros-viajantes, ditadores, guerrilheiros, deuses, faunos, enfim, uma gama de atividades e fazeres que só essa profissão de fé permite.

Naquela temporada, Artêmio estava fazendo um papel pequeno. Uma peça francesa, de época, perucas, saltos Luís XV, rendas e dourados. Maquiagem branca, própria da nobreza. Ele fazia um assassino, objeto do enredo do espetáculo, o qual se desenvolvia na dificuldade de encontrá-lo e prendê-lo, o que acontecia somente ao final. O espetáculo tinha uma peculiaridade. O personagem de Artêmio entrava em cena apenas no início e no final da peça, ou seja, no primeiro e no terceiro ato, o que lhe propiciava mais de uma hora e meia fora de cena. No início da temporada, tudo bem. Artêmio fazia sua entrada inicial, apunhalava uma mulher e saía sorrateiramente de cena. Ia para seu camarim e lá ficava. Lia muito. Cansava, ia até uma área externa na parte detrás do teatro e fumava um cigarro. Voltava para o camarim, lia mais um pouco, jogava paciência e então, com muita folga, voltava para a coxia e se preparava para a sua segunda entrada. Nela, também apunhalaria uma outra mulher, só que desta vez era barrado e preso pelo detetive da peça.

O espetáculo era um sucesso estrondoso e já estava há dois anos em cartaz. Sim, houve um tempo em que espetáculos de teatro ficavam muitos anos em cartaz. Aquela rotina começava a incomodar nosso ator. Um dia, utilizando-se de uma porta lateral, Artêmio se aventurou até a frente do teatro, comprou um saco de pipocas e voltou para o camarim. Num outro dia, relógio em punho, saiu novamente, comprou a pipoca e comeu lá mesmo. Voltou bem antes, para fazer sua segunda entrada. E assim foi ousando, cada dia mais, porém sempre responsável, voltava com tempo de sobra para sua última cena. Aquilo foi lhe dando coragem. Da carrocinha do pipoqueiro, instalada na frente do teatro, via na esquina, iluminado, um botequim. Seria sua próxima conquista. Metódico que era, calculou o tempo, x minutos até o bar, mais x minutos para uma cervejinha e mais x minutos para voltar e se posicionar para entrar em cena.

Um belo dia, arriscou. Saiu, atravessou a rua, chegou no bar e pediu uma cerveja. Estranhou que todos o olhassem espantados e só então se deu conta de que estava com o figurino de cena, a peruca e a maquiagem carregada. Achou graça da situação, mas não deu bola. Tomou a cerveja, gole a gole. Não sabia por que, se sentia livre, feliz pelo ato proibido que estava fazendo. Sempre olhando o relógio e ainda dentro do tempo calculado, Artêmio levantou-se, pagou a cerveja e, sem perceber, se despediu com um até amanhã.

Alguns meses depois, já mais relaxado, Artêmio continuava com a sua saída do teatro para o bar. Agora bem mais folgado, pois percebera que o tempo era mais que suficiente para duas cervejas acrescidas de uma partida de dominó. Havia feito novas amizades no bar e o jogo das pedras pretas realmente ajudava a passar o tempo. Jogava a partida e voltava para o teatro para esfaquear sua colega de trabalho e ser preso pelo detetive.

O tempo foi passando e aquela rotina continuava, sem problemas. Até que um dia... Era um sábado, teatro lotado, realmente a peça era um sucesso. Artêmio fez sua entrada inicial impactante. Quando apunhalava a personagem, o teatro reagia com um *ohhhhhhh* sincero. Saiu de cena e rapidamente se dirigiu para o boteco ao lado. Sua cerveja e seu lugar na mesa já o esperavam. E o jogo começou. As pedras batendo e os gritos eufóricos não permitiram que Artêmio escutasse o ruído das sirenes de um carro de polícia. Quando levantou a cabeça, já era tarde. Seus colegas, a maioria, já tinham caído fora. Ouviu um "Mão na cabeça e encosta na parede", seguido de "Documento!". E ficou ali, esperando sua vez, de costas para o bar com as mãos para cima. O policial, ao se deparar com aquela figura estranha, com rendas nos punhos, peruca e maquiagem, não resistiu: "Ô Dama das Camélias, vira de frente e mostra o documento". "Tô sem". "Então entra no camburão". "Eu posso explicar, sou um ator, estou em cartaz naquele teatro ali ao lado." "E eu sou o Tony Ramos e tô na Globo! Entra no camburão!". "Não posso, tenho que voltar pro teatro pra matar uma mulher, agora, daqui cinco minutos". "Tá se complicando, *boneca*. Quem mata aqui *somo* nós, autoridades policiais." "Bem feito, quem mandou não estudar." E entrou, debaixo de porrada, no camburão.

No teatro, chegara a hora de sua cena. A atriz que seria assassinada esperou um tempo e... nada. Improvisou, " Essa hora que não chega!". Na coxia, o ator que representava o detetive olhava para todos os cantos e falava baixinho, entredentes. "Artêmio, Artêmio, onde é que você se meteu? Desgraçado!". A atriz, percebendo que Artêmio não chegara e não chegaria, improvisou mais ainda: "Acho que estou com vontade de me esfaquear". E tirou da cabeça um prendedor de cabelos que serviria de punhal. Num último extertor, o detetive entrou em cena e, mais *canastrão* que nunca, falou: "Consegui prender o miserável nos jardins do palácio. Pronto. Você já não corre mais perigo. Venha para os meus braços". E com a mão, sorrateira, sinalizou para a coxia, implorando para que as cortinas fossem fechadas. O público não entendeu nada. Aplausos chochos se misturaram a algumas tentativas de vaias.

No dia seguinte, Artêmio foi solto, depois de dormir na delegacia. À noite, no teatro, ninguém falou com ele. Uma única coisa diferente foi notada. Um reluzente cadeado trancava a porta que dava saída para a rua.

Bolão, o contrarregra ladrão

Eram Bolão e Bolinha, dois contrarregras. Como chegaram ao teatro não se sabe. Mas dá pra intuir. A Bela Vista já foi um bairro barra-pesada de São Paulo. Aquela escadaria que sai da rua dos Ingleses e chega na 13 de maio, além de cheirar a mijo, abrigava um monte de figuras nada edificantes. Assaltantes, traficantes, bêbados desocupados, e por aí vai. O bairro já abrigou também os melhores teatros da cidade. Basta lembrar do TBC, na Major Diogo, o Bela Vista, que hoje virou o Sérgio Cardoso, e tantos outros. E não dá pra negar, o teatro sempre foi uma mãezona que acolhe seus filhos sem perguntar quem são, de onde vêm, ou o que fazem. Portanto, absorveu essa mão de obra disponível no bairro, sem se preocupar com a origem dos profissionais. Uns vingaram, deram certo e são hoje grandes iluminadores, eletricistas, técnicos de som, diretores de cena. Outros se aproveitaram da situação, estacionaram um tempo num espetáculo aqui, noutro acolá e rapidamente caíram no desvio novamente. Também viraram fornecedores para a classe teatral, vendendo maconha e outras drogas mais pesadas para atores, diretores, cenógrafos... Era como se existisse um pacto. "Me deixa tranquilo por aqui, que eu não mexo com vocês". Uma coexistência pacífica e boa pra ambos os lados. Bolão e Bolinha chegaram no teatro dessa forma. Hoje, não se sabe o que aconteceu com os dois. As últimas notícias, faz muito tempo, deram conta de que Bolinha teria morrido num tiroteio com a polícia e Bolão, preso numa penitenciária, cumpria pena por um 157, roubo seguido por morte. Estamos falando de 40 anos atrás.

Bolão era contrarregra da *Farsa do delegado com o padre*, uma comédia. Verdade seja dita, salvo suas atividades extrapalco, era um excelente profissional, consciente dos seus deveres para com o espetáculo. Chegava bem cedo no teatro, organizava todos os materiais de cena, colocava-os nas respectivas coxias. Arrumava o cenário, punha folhas de papel em branco na mesa do delegado, que seriam utilizadas simulando documentos, plantinhas na casinha que também existia em cena. Uma arma era utilizada no espetáculo, e ficava sob a responsabilidade de Bolão. Ele a limpava, colocava balas de festim, três, que eram disparadas durante a peça. Preparava café e, quando os atores chegavam, ele prontamente os servia. Quando começava o espetáculo, seguia minuciosamente o texto, tocando campanhias, sinos e outros ruídos que o enredo da peça exigia. Chamava os atores em seus camarins minutos antes de entrarem em cena e finalizava o seu trabalho puxando as cordas que fechavam a cortina do palco. Aquilo criou uma rotina que numa sexta-feira... foi quebrada.

Bolão tinha combinado com amigos uma ripa no bairro. Da mesma forma que era o bairro dos teatros, a Bela Vista também era o bairro dos restaurantes, das pizzarias e das cantinas. Sairiam assaltando frequentadores incautos desses lugares, levando-lhes carteiras, relógios, correntinhas etc. É claro que a arma utilizada seria a do espetáculo, um trezoitão enorme e assustador. Com a mesma presteza, Bolão trocou as balas de festim disparadas em cena por balas verdadeiras. Não seriam usadas. Eram apenas uma garantia no caso de a barra pesar.

Foram felizes na empreitada. Conseguiram roubar seis relógios, dez carteiras, uma delas tinha até nota de dólar americano, vários brincos e pulseiras e um monte de correntinhas de ouro. Depois foram até a casa de Bolão, um cortiço na 13 de maio já perto da Santo Antônio, e, regada a cachaça, fumo e pó, fizeram a partilha da batalha. Dia seguinte, um pouco detonado pela bebedeira, chega no teatro com a mesma dedicação, descarrega as balas não utilizadas nos assaltos e coloca novos festins. Arruma a cena e o sábado segue normal no teatro até a hora de uma nova ripa.

Aquilo virara uma rotina. Todas as sextas e sábados as balas de festim eram substituídas por balas de verdade e Bolão virava o ladrão que realmente era, assaltando fregueses dos restaurantes do Bixiga.

É claro que um dia aquilo ia dar merda. E deu, do jeito mais inesperado. Matinê de domingo, teatro lotado, todos se preparando para fazer o espetáculo. Atores a postos, últimos espectadores entrando na plateia. Cadê o Bolão? Não tinha chegado. Começaram a pensar em como substituí-lo. A camareira poderia fazer grande parte das coisas que ele fazia, um maquinista também. Mentalizam com os atores todas as passagens com efeitos de contrarregragem. Alguém pergunta pela arma. Novo corre-corre. Onde ele guarda a arma? Ela é fundamental na peça. No auge do desespero, sempre é assim, Bolão chega. Estava esquisito, sujo, barba por fazer, cheirando mal e ainda meio bêbado. Mas lá estava. A sessão ia correr normal. Enquanto corria, Bolão confidencia com um parceiro da equipe técnica que a ripa não tinha dado certo, tiveram que fugir da polícia, que estava de campana ali no bairro. Tiros foram disparados e ele teve que correr muito e se esconder numa outra quebrada, e só tinha conseguido chegar no teatro naquela hora.

Dentro de cena, o espetáculo aconteceu normalmente. Estava chegando ao final, momento em que os tiros eram disparados. O delegado prendia um garoto. O padre entrava em cena para protegê-lo. O delegado dava um tiro para o chão, como advertência. Como o padre ignorava, o tiro seguinte era direcionado para ele.

Naquela matinê, quando o padre entrou, o delegado não pestanejou. Mandou o tiro para baixo. O tiro furou o chão, arrancando uma lasca da madeira do palco. O ator que fazia o padre olhou o buraco e rapidamente saiu de cena, com medo do segundo tiro que seria dado nele. O delegado, que não havia percebido que a bala era de verdade, apontou o revólver para a coxia, na direção do padre, que com gestos implorava para que ele não atirasse. E apontava o chão mostrando o estrago causado pelo tiro com bala de verdade.

A peça não acabou naquele dia. É claro que ninguém voltou para o palco, com medo de levar um balaço. E o delegado saiu, sem terminar a cena.

Bolão foi demitido sumariamente.

Uma providência foi tomada. A partir daquele dia, a arma ficaria guardada no cofre do escritório e só liberada minutos antes de começar o espetáculo.

Branco total

O ator era Pedro Borges, considerado por muitos como um dos melhores do Brasil. Denso, forte, carismático e, ao mesmo tempo, bem humorado. Participara dos mais importantes filmes do Cinema Novo, dos grupos de teatro que marcaram época na história da cultura brasileira e, naquele momento, tinha a sua própria companhia que excursionava pelo Brasil com *Histórias de Amor e Medo*, tremendo sucesso de público e crítica. Pedro voltava à sua cidade, depois de vinte anos, mais precisamente ao Armazém 48, teatro que ele próprio ajudara a criar muitos anos atrás e que se transformara em um ícone da resistência cultural naquele estado.

Chegava com um espetáculo que mostrava que ele não se entregara a um tipo de teatro mais comercial. *Histórias de Amor e Medo* seguia a linha de teatro político que sempre norteara a sua carreira. Toda a imprensa local acorreu ao Armazém para matérias com aquele ator da terra que retornava, agora famoso. E foram tardes e tardes concedendo entrevistas que colaborariam com a divulgação do espetáculo. Nos dias que precederam a estreia, Pedro era assediado por onde passava. O grupo resolveu fazer uma panfletagem no Mercado Municipal da cidade e ele não teve sossego, sendo solicitado para autógrafos e fotografias com a gente do povão que ali frequentava. Num debate com jovens estudantes da universidade, a mesma coisa. Nos restaurantes à noite também. Mal conseguia comer. Mas, gente finíssima que era, atendia a todos com o mesmo sorriso e dedicação. Aquela temporada prometia, não apenas pela perspectiva de casas lotadas e dinheiro em caixa, mas também por todas as questões emocionais que Pedro vivia, o retorno à sua cidade natal e o reconhecimento de todos como uma figura importante. Esperava-se, com a estreia, um momento de consagração do ator.

Os ensaios corriam durante a semana. A peça era forte, emocionava, e Pedro tinha, como grande momento, um monólogo em que explodia de raiva, denunciando, com metáforas, o momento político que o país vivia, tolhido em sua liberdade de expressão, sem perspectivas e dominado pelo medo que campeava em todos os lugares. O monólogo era como que um chamamento para um despertar, para criar enfrentamentos, mudar. A expectativa era grande. Em todos os lugares por onde o espetáculo passara, aquele momento era inevitavelmente aplaudido em cena aberta. Esperava-se que ali, em sua cidade natal, Pedro o fizesse com mais garra ainda. Na bilheteria, os ingressos eram vendidos com velocidade espantosa, indicando que se esgotariam rapidamente. O grupo seguia ensaiando, animado.

Na noite da estreia, a rua onde ficava o teatro lotou. Caminhar por ela era uma dificuldade, tamanha a quantidade de gente que para lá acorreu. Trombava-se com atores, diretores, críticos e o povão da cidade, que queria estar perto da volta de Pedro Borges ao teatro que ajudara a construir. Na porta do Armazém 48 a multidão se acotovelava na tentativa de conseguir um ingresso, esgotados todos há alguns dias, de alguém que tivesse desistido na última hora. Em vão. Os porteiros da sala de espetáculos tinham dificuldades para segurar a horda de espectadores que aos empurrões queria entrar. A noite prometia.

No palco, os atores ensaiavam últimos ajustes. Havia uma certa tensão no ar. O próprio Pedro quis falar na roda que antecedia o início do espetáculo. Pediu empenho de todo o elenco para aquela estreia e justificou suas emoções. Aquela volta à sua cidade coroava a sua carreira. Tinha uma dívida de gratidão com aquelas pessoas aglomeradas na porta do teatro para ver o espetáculo. Queria que fosse a melhor récita da temporada. Sua fala emocionou os colegas de cena, que prometeram empenho e dedicação.

Começa o espetáculo. Do palco, a visão da plateia era impressionante. Lotação total. Todas as poltronas ocupadas, mais gente sentada nos corredores e duas ou três fileiras de espectadores em pé lá no fundo. O silêncio e a atenção imperavam no ambiente. A plateia reagia bem ao espetáculo, ora rindo, ora se emocionando. Pedro, tenso, porém ligado, fazia o espetáculo com garra jamais vista. Era realmente um grande ator, representando seu personagem com o equilíbrio perfeito de técnica e emoção. Seu grande momento, o monólogo, se aproximava e tudo caminhava a contento.

"Você é um cara sem consciência. Um bobo da corte. Pra mim já deu!". Essa era a deixa. Pedro olhou para o ator com quem contracenava e, de costas para o público, começou sua réplica. "E você, com toda essa consciência é o quê, hein? Responde!". Nesse momento, Pedro se virava para a plateia e continuava seu discurso. Virou, olhou para o público, demorou um pouco mais que o tempo normal. Demorou mais ainda. Mário, o assistente de direção que estava na coxia, correu para a entrada de cena para ver o que estava acontecendo. Os outros atores se entreolharam, na expectativa. Pedro, olhos marejados, olhava para o público e, lá dentro de si, implorava para que a fala viesse. Nada. Depois de um tempo, chorando, falou: "Esqueci o texto, desculpem!". E saiu de cena.

Dar um branco. Pergunte para mil atores sobre essa situação e mil responderão que não pode existir sensação pior. O *branco*, o vazio total, diante de uma fala que não vem. É a melhor tradução para a expressão sofrimento. Querer falar e não vir nada. Trocar o olhar com seus companheiros de cena e estes não conseguirem ajudar, pois é o inesperado para todos. Olhares que clamam por ajuda. Se perguntarmos para psicólogos ou analistas, com certeza virão justificativas teóricas sobre o fenômeno: estresse, dificuldade de concentração, preocupações externas... Mas pouco importa. O branco é um fantasma que ameaça todos os atores do mundo, dos quais se ouvem as mais incríveis definições: "Você está cavalgando e te tiram o cavalo". "O branco é a angústia". "Tristeza". "Vontade de o chão se abrir e você fugir rápido daquela situação". "Para um sinuqueiro, é a sensação da bola branca que cai; para o boleiro, é a do gol contra. Para o atleta, é o bastão que vai ao chão na hora da passagem para o companheiro". "A palavra branco é a melhor definição do branco. É o que você consegue visualizar na sua cabeça: Branco".

Saiu de cena e deu de cara com Mário, o assistente de direção. Chorando, se lamentava do ocorrido. "Estraguei tudo, acabou. Que é que eu fiz, meu Deus?". E chorava muito. Mário tomou-lhe o rosto entre as mãos, forçou para que Pedro o olhasse e, olho no olho, disse enérgico: "Volta lá e faz a tua cena!". "Volta. Respeita quem veio te ver". Como Pedro não parava de chorar, Mário pregou-lhe dois tapões bem dados e, já o empurrando de volta para a cena, disse: "Tua fala é: A gente tá aqui, sem saber o que fazer, mas estamos vivos, porra!". Impossível saber quanto tempo durou essa situação. Para os do palco, uma eternidade, olhares angustiados que se cruzavam, perguntando o que fazer. Para os da plateia nem tanto, algum estranhamento para alguns, nada mais que isso. Muitos, generosamente, tentavam incorporar o ocorrido ao espetáculo, sem maiores preocupações. Para o ator que teve o branco, uma eternidade e mais um pouco, se é que isso é possível. Não pergunte como, mas é.

Pedro voltou, enxugando as lágrimas com os punhos, e deu sua fala. Além de todas as qualidades já ditas sobre esse ator, a fala veio cheia de raiva, de vontade de acertar, de recuperar o público para o espetáculo. E, naquela noite, quem viu, viu, quem não viu, visse, Pedro Borges, ao final de seu monólogo, fez a plateia aplaudir em cena aberta, em pé, por contados dois minutos. De arrepiar.

Depois do espetáculo, o elenco jantava no restaurante do hotel, gratificado com o sucesso daquela noite. Podiam-se perceber em Pedro Borges as marcas impressas dos imensos e gordos dedos de Mario pelos tapões dados, em seu rosto ainda vermelho.

O autor, o diretor e o cinzeiro de Murano

Anos 80. Cabine de projeção da Embrafilme em São Paulo. No terceiro andar de um predinho da rua Vitória, ali, no coração da famosa Boca do Lixo. À noite, uma equipe assiste à primeira cópia de um filme. Presentes o autor, a mulher do autor, o diretor, alguns atores, alguns técnicos e o assistente de direção. A projeção corria normalmente até que, faltando uns dez minutos para o final, ouve-se, voz irritada, o autor falando alto para o diretor: "Você estragou a minha história, porra!". Os minutos seguintes, até o filme acabar, seguiram-se tensos. O assistente de direção, temendo o pior, se desloca discretamente para a poltrona ao lado da do diretor. Acaba o filme. Aplausos chochos, justificados pela preocupação de todos com o que poderia vir. O assistente imediatamente segura no braço do diretor e fala baixinho: "Vamos esperar lá embaixo". E vai rapidamente, diretor grudado nele, para o pequeno elevador, portas pantográficas. Aperta o botão do térreo, fecha a primeira porta e, enquanto vai fechando a segunda, o autor, visivelmente nervoso, abre a primeira porta, frustrando a ideia do assistente de transferir o inevitável entrevero para o saguão na entrada, mais amplo e mais fácil de evitar o quebra-pau. E o autor entra no elevador com sua esposa, preocupada, advertindo: "Cuidado! Você é cardíaco.

Para!!". Estrategicamente, o assistente se coloca entre os dois, autor e diretor, que aos berros iniciam uma briga, tentando trocar sopapos que na verdade acertavam mais o assistente, o qual tentava separá-los. E a viagem seguiu, interminável, até o andar térreo. Lá, o assistente puxou o diretor para fora do elevador, conseguindo abrir espaço entre os dois desajeitados lutadores. O autor olhou para os lados, procurando algum objeto que pudesse atingir o diretor. Encontrou numa mesinha de vidro um enorme e pesado cinzeiro, vidreria de Murano, de gosto duvidoso. Levantou e pensou em atirá-lo na cabeça do diretor. Não teve coragem. Afinal eram amigos de longa data, companheiros de outras jornadas. Não saberia lidar com a ideia de ter ferido seu amigão, por causa de uma mudança no roteiro de um filme. Enquanto pensava nisso, mudou a direção do pesado objeto, como que procurando algum lugar onde pudesse demonstrar sua raiva contida. Viu a mesa de vidro, ideal para causar uma barulheira que poria fim à sua ira. E atirou o cinzeiro nela, causando um esporro descabido. Atirou e imediatamente entrou numa crise de choro, que foi acompanhada pelo diretor que correu para abraçá-lo aos prantos, colocando um fim inesperado naquela briga. Todos que estavam por ali, e os que chegavam pelo pequeno elevador, que levava no máximo quatro pessoas por viagem, estranharam o final patético daquela contenda: os dois, agora amigos inseparáveis, chorando e trocando juras de amor eterno um pelo outro. Com excessão do porteiro da noite que, preocupado, olhava para os cacos de vidro no chão e pensava em como justificar no dia seguinte a mesa quebrada. Ninguém acreditaria na história real.

O rei que morreu antes da hora

Dizem que a televisão brasileira nasceu sob a égide do improviso. Em 1950 foi inaugurada com uma solenidade, discursos de autoridades da política, do clero e da sociedade, seguida de um show. Foi uma festa que invadiu a noite, até que alguém fez a pergunta. E amanhã, o que vai pro ar? Tinham se esquecido da programação do dia seguinte, e do outro e do outro, e assim por diante. Tiveram que improvisar e assim foi por muito tempo.

Além dos filmes e seriados importados e dos telejornais, a televisão viveu muitos anos de séries brasileiras, que iam ao ar ao vivo a partir de seus estúdios. *Capitão 7*, *Falcão Negro*, *Alô Doçura* e tantos outros marcaram época na nossa TV. Programas nos quais os atores tinham de improvisar muito para suprir as falhas técnicas, que não eram poucas naqueles tempos em que o veículo engatinhava. Cinzeiros de cristal eram colocados na frente das lentes da câmera para criar efeitos de passagem de tempo. Textos não decorados eram escondidos em vasos de flores do cenário, as famosas *dálias*. Tudo era feito com pouca técnica, mas com muita garra, vontade de fazer. É claro que isso influiu na maneira de interpretar dos nossos atores televisivos. Os que vinham do teatro não conseguiam se adaptar à velocidade que a TV solicitava, e os nascidos com o novo veículo se apoiavam mais no improviso do que no estudo de seus personagens e dos textos que representavam.

Lourival Campos era o exemplo maior do que seria o ator televisivo. Tinha um físico invejável de esportista. Muito forte, sempre era escalado para os papéis de herói dos seriados. É claro que a beleza de seu rosto também contribuía para ser considerado um ator de sucesso, tanto na TV, como nas capas das revistas semanais. Seus personagens sempre estavam envolvidos com lutas das mais variadas, espadas, bastões, lanças, socos e pontapés. Mais que admirado por seus colegas de trabalho, era temido por sua força física incontrolável. Descia o braço pra valer em quem fosse, sem dó nem piedade, e deixava em seus companheiros as marcas de sua força desmedida. Hematomas, torções, cortes, fraturas. Quando as cenas terminavam, mal tinha tempo de se desculpar, pois como era ao vivo, o estúdio teria que ser esvaziado para que se preparasse a cena seguinte, tudo com muita rapidez. Todos começaram a ficar com medo de contracenar com aquela fera humana descontrolada. Os diretores, no entanto, adoravam o estilo dele, pois as cenas resultavam com incrível veracidade, dando credibilidade ao trabalho final. E Lourival virou um queridinho dos chefões da TV, que o escalavam para quase todos os seriados da emissora. Passou por *Alô, meu amor*, uma comédia romântica na qual fazia par com Rosa Viana. A própria Rosa não aguentou sua força desmedida. Entrou na sala do chefe de produção mostrando seus braços, cheios de manchas roxas das pegadas de Lourival. A gota d'água foi quando, numa cena de beijo, Lourival tascou uma dentada em seu lábio, provocando um corte bem visível. Interpretou também *Patrulheiros da madrugada* e lá deixou sua marca: uma fratura no braço de Johnny Pedroso, um dos galãs mais considerados da emissora. Tiveram que inventar um acidente para que Johnny pudesse continuar trabalhando, agora com o braço engessado. Em *Pompeia* ele dizimou um grupo de centuriões com cortes e destroncamentos numa cena de briga. Os atores, técnicos e assistentes imploravam para que Lourival se controlasse, mas de nada adiantava. Ele se justificava pelo realismo que as cenas atingiam, garantindo audiência maior a cada dia. Nem mesmo ele tinha noção de sua força física. Achava que existia uma grande dose de frescura por parte de seus contracenantes. E assim caminhava a emissora, com várias baixas todos os dias, fazendo com que o pronto-socorro ficasse lotado pelas vítimas de Lourival Campos.

A primeira grande superprodução do ano seria *O águia*, seriado capa-e-espada que se passava num reino em que famílias de nobres disputavam o trono e exploravam seus súditos. Histórias de medo, duelos e batalhas apoiadas em corrupção, roubos e desfalques. A cada episódio, o *Águia* chegava para fazer a ordem imperar. Sempre uma luta dele contra os tiranos palacianos. É claro que o *Águia* era Lourival, mais preparado que nunca para desempenhar seu novo personagem. Os atores da emissora passavam ao largo para não serem escalados no grupo dos tiranos, pois sabiam que o PS da TV seria seu destino final. Alegavam as piores coisas para não ter que participar das cenas de lutas. Doenças inexistentes, fraturas ainda não solidificadas, o que fazia com que andassem com gessos de mentira, tonturas e dores de cabeça. Atestados médicos falsos que não permitiam movimentações grandes. Nas semanas que antecediam a formação do elenco da série, hordas de atores apareciam cheios de curativos, gessos, cabeças enfaixadas, muletas e bengalas, tentando justificar suas impossibilidades. Com muito custo, conseguiram fechar o elenco, com exceção do rei, que morria no primeiro capítulo, vítima de um golpe de espada do *Águia* desferido em uma luta longa e impactante. O dia da estreia se aproximava. A parte externa do castelo estava sendo construída num terreno ao lado da emissora, o que permitia que as câmeras se deslocassem rapidamente para dentro dos estúdios, em continuidade com as cenas internas na sala do trono, onde a luta acontecia. Diariamente, Lourival ensaiava sua escalada pela torre do castelo e a entrada na janela que dava para a sala do trono. Depois, já no estúdio, ensaiava as cenas de luta de espadas com os guardas até chegar ao trono, onde o rei estaria para o combate final. A produção, depois de muito tempo, descobriu Ferreirinha, um ator que poderia fazer o rei. Baixinho, gordinho, já tinha o físico para o papel. Além do mais falava pouco na cena. Apanhava muito mais, quase sem falar. Ferreirinha topou a parada com a condição de que lhe pagassem antes o cachê para fazer o personagem. Pela dificuldade em se encontrar alguém para fazer o papel, a produção topou a exigência. Tudo acertado, marcaram para dali a dois dias a estreia da série que iria ao ar ao vivo. Cedinho, Ferreirinha chegou à sala de maquiagem para preparar seu personagem. Um instrutor, atestando o grau de improviso da TV brasileira, passou-lhe rudimentos de como manejar uma espada para dar um mínimo de realismo. Vestiu sua roupa e se dirigiu para o trono, onde faria as suas cenas. Tudo pronto, ouviu-se a voz do diretor através de um alto-falante: "Ação!!!". E começou a carnificina. Lourival lutou e batalhou com muita gente. Machucou quase todos com sua força incontrolável. Conforme as cenas acabavam, vários atores e figurantes gemiam pelos cantos se queixando de dores, cortes e fraturas. Ferreirinha acompanhava tudo com olhares de espanto e medo, aguardando a sua vez. Foi quando percebeu que Lourival, já no lado externo do palácio, escalava para chegar à sala do trono. Preparou-se para o pior. O *Águia* surgiu na janela da sala do trono e, com um salto cinematográfico, chegou ao chão já dizimando um batalhão de figurantes. E a luta seguiu com Lourival pondo ao chão todos os seus combatedores. Faltavam apenas uns dois ou três guardas e seria a vez de Ferreirinha. Ele se levantou do trono e começou a gemer e se contorcer, fazendo com que Lourival parasse um pouco para ver o que estava acontecendo. Ferreirinha se contorcia, babava e rolava pelo chão até cair estrebuchado, inerte. Lourival se desconcentrou, sem entender, aproximou-se de Ferreirinha, deu, com os pés, pequenos chutes no corpo caído. Abaixou-se perto da cabeça do rei e baixinho perguntou o que tinha acontecido. Ferreirinha, mais baixo ainda, respondeu: "Morri". E deu sua última estrebuchada. Lourival, tomado de surpresa, levantou e olhou para os lados. O silêncio imperava no estúdio. Seria ele que teria que sair daquela situação não prevista. Caminhou um pouco em volta do trono, olhou para o rei e mandou: "Era cardíaco o miserável". E saiu de cena rapidamente, não sem antes ver de soslaio o olhar de Ferreirinha que naquele momento lhe dava uma piscadela. A luz do estúdio apagou-se e Ferreirinha, voando, tirou suas roupas de rei e se mandou do set e da emissora, mãos nos bolsos para garantir que seu cachê não seria roubado.

Uma família de ratos acaba com o nazismo

A peça era *A resistível ascensão de Arturo Ui*, texto de Bertolt Brecht que faz uma analogia do nazismo com a Chicago dos gângsteres em 1930. No monólogo final, Arturo Ui faz um discurso vigoroso sobre a expansão de seus negócios pelo mundo, metáfora relacionada a Hitler e às conquistas do nazismo. E segue Arturo Ui falando de suas conquistas, estados, países, Europa, e por que não toda a Terra. Naquela noite, a peça não terminou. Uma família de ratos, mamãe ratazana, papai ratão e três camundonguinhos, atravessa o palco. A atriz que fazia o papel de esposa de Arturo dá um berro e salta sobre o colo de um dos capangas. Outros capangas saem correndo e o público também. Naquela noite o nazismo foi derrotado por uma família de ratos de um teatrinho no Bixiga.

Acordando no armário

A peça estreava no dia seguinte e estava tudo atrasado. O diretor, enlouquecido, querendo ensaiar a qualquer custo e a produção protelando, protelando. Figurinos ainda pela metade. A costureira tinha entregue uma segunda leva que ainda não fora sequer vista pela figurinista. Cenários ainda inacabados. O produtor, sem coragem, propõe ao diretor que não façam o ensaio geral, assim teriam mais tempo para terminar as coisas, que não eram poucas. O diretor explode, não dá pra não ensaiar, ainda falta muito para os atores chegarem no ponto, blá-blá-blá, como é que vai ser? Mas acaba cedendo. Troca o ensaio geral por uma reunião com todo o elenco. Repassaria todo o espetáculo com os atores, momento por momento. Não seria a primeira vez que estrearia uma peça sem ensaio geral. Restava fazer figas e torcer para tudo dar certo. Pelo menos a produção e os técnicos teriam mais tempo no palco para terminar os cenários. Os cenotécnicos virariam a noite trabalhando.

Cenotécnico. Tem um pouco de heroísmo nessa profissão. Troca-se o dia pela noite com a maior tranquilidade. Convive-se com a poeira, serragem e barulhos de todos os tipos. E dorme--se muito pouco. Geralmente o palco é liberado depois dos ensaios, tarde da noite. Só então os cenotécnicos podem entrar para trabalhar e vão até a hora em que o palco tem que ser liberado de novo para o ensaio com os atores. Muitos têm marcas de trabalho guardadas nos corpos. Cicatrizes, dedos arrancados por serras elétricas, deficiências físicas por tombos de grandes alturas, seguramente adquiridas em virtude das noites maldormidas que geraram cansaço e desatenção. Mas em todos, estampada no rosto, a alegria de trabalhar numa profissão que adoram, não trocam por nenhuma outra. Raros são os acidentes com atores por negligência dos cenotécnicos. São considerados anjos da guarda dos que estão em cena, proporcionando segurança, seja em voos pelo ar através de cabos de aço, seja em cenas feitas em plataformas no alto, acessadas por pequenas escadas escondidas, ou ainda por "surgimentos" pelo piso do palco, só possíveis pelas traquitanas montadas com total segurança.

Sanchez já estava há alguns dias sem dormir, trabalhando na construção do cenário daquela peça. Morava longe e ir para casa todos os dias não compensava. Chegava quase na hora de ter que voltar para o trabalho. Aquela seria mais uma noite longa. Ajudado por seus colegas, dividiram o trabalho a ser feito e mandaram ver. Serra daqui, lixa dali, pinta acolá e o trabalho rendia. Aos poucos se notava que o cenário nascia naquela noite que precedia a estreia. Eram uma sala e uma biblioteca de uma casa inglesa, para um espetáculo de época. Veludos, golas altas, nobres ingleses em uma casa aristocrática. Lareira acesa, uísques e conhaques contrastavam com o calor absurdo que fazia em São Paulo naqueles dias. Sanchez e seus colegas não paravam. O dia amanheceu e faltava ainda muita coisa. Os produtores chegavam com os últimos objetos de cena, livros, muitos livros, que precisariam ainda serem envelhecidos e dispostos nas prateleiras da biblioteca, um lustre de velas que, através de uma traquitana, eram acendidas em cena. Fariam uma parada na hora do almoço, para que os eletricistas preparassem a luz do espetáculo, e retornariam no meio da tarde, para dar os retoques finais e aguardar a estreia.

Assim foi. Ralaram até o meio-dia e entregaram o palco para a equipe de iluminação. Almoçaram e Sanchez, como tinha ainda uma horinha para retornar ao trabalho, se enfiou no seu mocó, um armário enorme que existia no cenário, para uma rápida dormidinha. Saiu de lá às duas da tarde e voltou a trabalhar, agora junto com o pessoal da elétrica. Os atores, produtores e o diretor chegaram no teatro às seis da tarde e receberam a ótima notícia de que o palco estava liberado para algum ensaio que se fizesse necessário. O diretor convocou todos para um ensaio técnico, daria tempo. Se tudo andasse certo, terminariam às oito da noite, sobrando ainda uma hora para a estreia. E assim fizeram. Cenotécnicos e eletricistas liberaram o palco. A jornada estava chegando ao fim. Agora era esperar o ensaio técnico e dar uma varrida geral no espaço, os mínimos retoques finais, meros detalhes, e ir pra casa dormir até sabe-se lá que horas. O sono era grande. Sanchez voltou para o seu mocó, lá esperaria o ensaio terminar.

O diretor ensaiou e depois reuniu todo o elenco, concentrem, vibrem, façam! *Merda* pra todo mundo e fosse o que Deus quisesse. Lá fora, o público começava a chegar. Costureiras, figurinistas ajudavam os atores a vestir roupas recém-chegadas. Os técnicos checavam os últimos detalhes. Toca o primeiro sinal e a plateia começa a encher. Segundo sinal, os atores se posicionam nas coxias. Terceiro sinal, blecaute e explode música forte e vibrante, indicando que o espetáculo começava.

E foi a música forte e vibrante que despertou Sanchez em seu mocó, o armário de cena! E agora? Que vacilo! Dormiu e perdeu a hora. O espetáculo começou sem ninguém tê-lo avisado. Pior é que o armário não tinha fundo falso, nenhuma fuga por trás. Ligou uma pequena lanterna que estava em sua mala de ferramentas e percorreu o local na esperança de que conseguisse escapar por algum buraco, por menor que fosse. Nada. Forçou com a mão as chapas traseiras do móvel. Talvez alguma estivesse frouxa. Nada.

Lá fora, o espetáculo caminhava bem. O elenco afinado trazia a plateia sempre atenta, ora rindo, ora se emocionando, olhos pregados na ação da peça. Sanchez começou a suar. Como sairia de lá? Não conhecia o espetáculo, portanto não sabia qual seria uma hora adequada para se escafeder. Talvez num escurecimento da cena conseguiria abrir a porta e sair rápido, sem ser notado. Procurava brechas na madeira do armário para visualizar o caminho que teria que percorrer até a coxia. Num determinado momento, um ator vai até o armário para pendurar uma roupa. Sanchez se encolhe num cantinho, torcendo para não ser notado. O ator abre a porta, pendura o casaco no cabide e leva um susto com aquela presença inesperada. Fecha a porta rapidamente e se encosta no armário, fazendo caras e bocas para seus colegas em cena. Decidido, Sanchez, suando muito e já sem ar para respirar, iria esperar o primeiro escurecimento de cena, abriria a porta e sairia.

A plateia não tirava os olhares do palco, atenta às cenas do espetáculo, que estava em seu momento mais dramático. Houve uma mudança de luz, bastante rápida, que confundiu Sanchez lá dentro. Abriu intempestivamente a porta do armário e saiu. Nunca se viu estranhamento maior no teatro brasileiro. No meio de personagens britânicos, aveludados e elegantes, sai do armário de cena uma pessoa enorme e forte, suja e descabelada, camiseta mais suja ainda, que fazia propaganda de uma cantina do bairro do Bixiga, carregando uma mala de ferramentas velha e ensebada, que, sob o olhar atônito dos que estão em cena, caminha para a coxia envergonhado e se desculpando.

Barroso e o falo maravilhoso

O Barroso é um ator vindo das camadas mais humildes. Nunca estudou nada e sua carreira se fez de maneira inusitada. Carismático, porém sem nenhuma desenvoltura ou técnica, deu sorte na profissão aproveitando-se única e exclusivamente de sua bela compleição física. É o que a gente pode chamar de ator chucro. Hoje está no ostracismo, mas teve sua oportunidade nos anos áureos do cinema da Boca do Lixo, fazendo pornochanchadas. Morador do bairro da Luz, começou porque frequentava as filmagens como curioso e aos poucos foi se enturmando com atores, diretores e técnicos e, quando viu, já estava fazendo pequenas pontas. Além, é claro, de trabalhar fazendo bicos nas equipes técnicas dos filmes. Não era um homem bonito, porém aparentemente másculo e viril, o que lhe garantia a possibilidade de atuar nas cenas *calientes* com as atrizes da Boca. E quando menos esperava, Barroso passou a protagonizar filmes de baixo orçamento, que lhe garantiam uma sobrevivência modesta mas suficiente. Com o tempo, para os apreciadores daquele tipo de cinema, foi ficando famoso e resolveu crescer naquele nicho de trabalho, produzindo ele mesmo os seus filmes. Contratou roteiristas, diretores, elenco coadjuvante e técnicos para suas novas empreitadas.

E foram muitos filmes realizados, com ele estrelando as produções. Nos cartazes, sua foto, sempre rodeado de belas mulheres, denunciava filmes de conteúdo duvidoso, previlegiando sempre as cenas de atos sexuais de formas inusitadas, nos ambientes mais inesperados, seguindo rigorosamente os cânones daquele gênero cinematográfico. Em pouco tempo tinha virado um sucesso. Seus filmes eram vistos por um público grande e, melhor ainda, fidelizado por seu *carisma* e pelo estilo *ousado* das produções.

Mas tudo na vida evolui. Até as pornochanchadas, que passaram a exibir momentos mais fortes, abdicando de quaisquer pudores. O chamariz dos filmes passou a ser as cenas de sexo explícito, em que os órgãos genitais masculino e feminino são mostrados em seus principais momentos de atividade, não escondendo absolutamente nada, pelo contrário, evidenciando a sacanagem. Ocorre que Barroso não levava nem nota cinco no quesito tamanho do órgão genital masculino. Até então, tinha desbaratinado essa questão, nunca aparecendo de maneira frontal para as câmeras. Mas agora a coisa tinha mudado e, impiedosamente, as lentes detalhavam não apenas o tamanho, mas principalmente a desenvoltura do bilau, transformado em personagem principal dos filmes. Constrangido, se viu obrigado a contratar um dublê para as cenas de sexo explícito. Para a tarefa, foi contratado o Cantinho, garotão que trabalhava como carregador numa transportadora da rua do Triunfo. Cantinho era feio, muito feio. Seu apelido era uma corruptela de Cão Tinhoso, o que denunciava a sua feiura. Mas tinha sido agraciado por Deus no tamanho de sua genitália, um mastro que impunha respeito quando solicitado para fazer as cenas de sexo explícito. E assim os filmes de Barroso seguiam fazendo sucesso, agora devidamente adaptados às novas exigências impostas pelo bravo cinema brasileiro. Aos poucos, Cantinho foi percebendo sua importância no trabalho de Barroso e o que no início tinha sido apenas um bico sem pretensões financeiras passou a ser um peso considerável nos modestíssimos orçamentos dos filmes. Na Boca, Cantinho se tornara uma estrela. E como todo ator famoso, passou a fazer exigências profissionais descabidas, tais como interferir na escolha das atrizes com quem iria contracenar, melhores ângulos para suas performances, drinques e aperitivos enquanto aguardava suas cenas e por aí afora. No set de filmagem, substituía Barroso na hora do desempenho sexual e, é claro, criava involuntariamente um clima de constrangimento para todos. Menos para ele que, garotão ainda, se deliciava com aqueles momentos de prazer com as atrizes e ainda ganhava uma bela grana saída dos bolsos de Barroso. Gostava do apelido que outros artistas e técnicos tinham lhe dado: Ator do Caralho.

Barroso, é claro, espumava de ódio e ciúme. Não saía de sua cabeça a vontade de encontrar alguma coisa que substituísse aquele moleque. E a oportunidade surgiu quando, no intervalo entre dois filmes, fez uma viagem de férias para os Estados Unidos. Lá, encontrou numa sex shop um belíssimo falo de borracha ou sei lá de que material, que era uma imitação perfeita de um pinto de verdade. Pequenos fios de nylon, praticamente invisíveis, amarravam o enorme simulacro de órgão genital ao corpo do infeliz de pinto pequeno. Perfeito! Os problemas estavam resolvidos. Na volta ao Brasil, Barroso imediatamente deu início às filmagens de um novo trabalho e desta vez fez questão de pessoalmente comunicar ao Cantinho que seus serviços não seriam necessários. Também não comunicou a ninguém da compra do pintão de borracha. Faria uma surpresa. Era uma imitação tão perfeita, que dificilmente as pessoas desconfiariam que não era o seu próprio pintinho que havia crescido.

A cena era num quarto de motel. A atriz, deitada numa cama redonda, aguarda a chegada de nosso herói pela porta do banheiro. Ainda no camarim, Barroso amarra a nova genitália a seu corpo e veste uma mínima cueca por cima. Coloca um roupão e se dirige ao set. Colocado atrás da porta do banheiro, dá para a equipe os comandos de início da cena. A porta se abre e ele surge, poderoso. Abre o roupão e deixa-o deslizar por seu corpo. Quando desvendado o novo membro, a inevitável risada da atriz na cama, seguida de um burburinho de toda a equipe. Era uma coisa totalmente desproporcional aquele volume escondido por uma mínima cuequinha. O cenho franzido de Barroso fez com que todos escondessem suas reações e a cena aconteceu, beirando as raias do ridículo. O *close up* do borrachudo evidenciava que se tratava de um pau de mentira, de cor totalmente artificial, além de deixar claro que estava amarrado ao corpo do pobre *Zé Pintinho*. Mas, preocupados com seus empregos, todos riam para dentro, mantendo uma falsa seriedade em seus semblantes. O próprio Barroso, ao ver os copiões do material filmado, reconheceu para si que o pauzão não havia funcionado como o esperado. Numa última tentativa, levou o poderoso até Claudinho, o maquiador, para ele tentar aproximar, com maquiagem, da cor da pele dele, Barroso. Tudo, é claro, discretamente, sem alarde, sem ninguém saber. Claudinho, ao ver aquilo, se apaixonou imediatamente e prometeu resolver o problema maquiando o falo *ma-ra-vi-lho-so!*

Resumindo, Barroso tentou de tudo, sem sucesso. A maquiagem escorria quando o borrachudo entrava em ação. Debaixo de suas roupas, era um falo desproporcional que provocava inevitável riso em quem o via. Derrotado, rendeu-se ao inevitável. Recontratar o Cantinho e resignar-se à sua condição de desprovido da sorte no quesito tamanho de pau.

Discretamente, Cantinho reassumiu suas funções e a vida voltou ao normal naquele set de filmagens. Quanto ao pênis americano importado, morava agora dentro da frasqueira de maquiagem de Claudinho, que passou a ser seu fiel cuidador.

POLICIA

Porta-malas "armado"

A equipe filmava já há seis semanas um longa-metragem. História de policiais corruptos e gangues de traficantes numa praia deserta de Ubatuba. Filmagem difícil, praia, calor, areias escaldantes, dificuldades de comunicação e acesso à cidade. Luís Alberto era o ator principal, fazia um policial que extorquia dinheiro dos traficantes e era descoberto pela ala limpa da polícia. Luís estava naquela praia deserta desde o início das filmagens, hospedado na única pousada que existia no local. Já estava irritado e cansado, tanto tempo longe da civilização, louco para dar uma escapada, nem que fosse por um dia.

Naquela semana, filmavam as cenas de tiroteios. Haviam conseguido armas emprestadas da delegacia de Ubatuba. Armas que tinham sido apreendidas. O empréstimo não era regular, pois as armas ainda não estavam catalogadas nos órgãos de segurança e portanto não poderiam sair da delegacia. Mas, depois de muita lábia, a produção tinha conseguido dar um jeitinho com o delegado, sob a promessa de ficarem bem guardadas e sem o acesso de ninguém. Utilizariam no filme as armas ilícitas mediante uma pequena "contribuição" para o delegado. No período da filmagem, as armas estariam sob a responsabilidade de Alex, o contrarregra da equipe.

Contrarregra. Mais uma função linda que só existe nas artes cênicas e no cinema. São também anjos da guarda das equipes e sobretudo dos atores, que, em confiança total para com esses profissionais, recebem os mais variados objetos para utilizar em cena. Armas, candeeiros, relógios de época, penas de aves com pontas que escrevem, facas, facões e canivetes, preparados para que funcionem sem machucar etc etc. Gastam grande parte de seus tempos checando os materiais recebidos para que os atores os utilizem sem se preocupar com os eventuais perigos dos objetos. São eles que avisam que está chegando a hora de entrar em cena. Existem várias histórias no folclore da profissão, de filmagens ou apresentações que não tinham um contrarregra na equipe e que terminaram muito mal, com acidentes e até mortes. Houve um caso, num filme de época, em que a produção pegou emprestado, em um museu da cidade, candeeiros de metal. Alguém não especializado improvisou pavios com estopa e os encheu com combustível dos carros. Um deles explodiu perto do rosto do ator, causando queimaduras terríveis, que inviabilizaram as filmagens por um bom tempo. Num outro filme, o produtor conseguiu, de última hora, um fuzil emprestado, para uma cena em que o ator atirava, matando alguém. Estavam todos no set aguardando apenas a arma para filmarem a cena. Finalmente a arma chega e o diretor imediatamente dá os comandos de câmera e ação. Resultado: o ator atira. A arma estava carregada e a bala acerta uma pessoa da equipe que estava atrás da câmera. É impressionante a reação do ator, que foi filmada, acertando o companheiro de equipe e, infelizmente, matando-o involuntariamente. Num outro filme ainda, uma história que se passava na Pernambuco da época da escravatura, porém filmado em uma fazenda do interior de São Paulo, estavam precisando encher uma carroça com sacas de açúcar, saindo da usina, com direção à cidade. Alguém da produção consegue o número de sacas necessário e enche-as, simulando ser açúcar. Leva a carroça carregada para o set. Pequeno detalhe que ninguém percebeu até o filme estar finalizado: nas sacas, dos dois lados estava impresso no tecido uma logomarca com os dizeres Cooperativa Agrícola de

Cotia. Tudo isso aconteceu em filmagens que a produção resolveu economizar não contratando um contrarregra.

Ao receber as armas ilícitas da delegacia de Ubatuba, bom profissional que era, Alex perdeu várias horas observando, verificando se alguma teria projéteis em seus tambores, limpando-as e classificando-as. Não queria, por questão de segurança, deixá-las em seu quarto na pousada, nem no quarto de ninguém. Percebeu que o lugar mais seguro seria no porta-malas do carro do diretor do filme, que ficava guardado em uma garagem do hotel e nunca era utilizado, desde que as chaves ficassem em seu poder. Falou com o diretor, que concordou e lhe passou o chaveiro.

As filmagens prosseguiram sem problemas. Diariamente Alex preparava as armas, colocava balas de festim, entregava para os atores que faziam suas cenas. Final do dia, conferia todas, limpava-as, retirava festins não utilizados e, numa planilha, assegurava-se de que todas as armas tinham sido devolvidas e devidamente guardadas no porta-malas do carro do diretor.

Impaciente, Luís Alberto diariamente enchia o saco do assistente de direção para ser liberado, por pelo menos um dia, para ir até a cidade, respirar um pouquinho de civilização. Descobriu que no dia seguinte era folga e pediu para ir até Ubatuba. Voltaria a tempo de reiniciar as filmagens no outro. O assistente não viu maiores problemas, desde que ele fosse e voltasse de carona com as vans da produção. Não poderiam liberar um carro só pra ele. Tudo combinado e acertado, Luís sairia no dia seguinte bem cedinho, com a van da produção. É claro que ele perdeu a hora e chegou no saguão da pousada depois que a van havia partido. Inquieto e aflito, soube que a outra van só sairia à tarde, inviabilizando a sua folga na cidade.

Injuriado, passou a manhã na sala da produção do filme, na expectativa de conseguir uma carona numa eventual ida de uma das vans para a cidade. Na sala, havia um quadro que listava todos os veículos do filme. Entre eles, o carro do diretor, que nunca saía da garagem. Engendrou planos de pegar o carro escondido. Ninguém iria perceber. Na miúda, abriu gavetas procurando as chaves, até encontrar um molho de chaves reserva do carro do diretor. No meio da manhã, toda a equipe trabalhando na preparação da filmagem do dia seguinte, Luís entra sorrateiro na garagem, abre o portão e sai devagarinho, com o carro.

Dia maravilhoso na cidade. Praias lotadas de gente, principalmente garotas. Luís, enturmado, bebe caipirinhas e se exibe para suas companheiras de praia. Rapidamente enlaça uma delas, que vira sua namoradinha para aquele dia de folga triste e solitário. E a bebedeira prossegue, anoitece e os planos de voltar para a pousada são transferidos para a noite, depois do jantar com a nova companhia.

Na pousada, dia de folga, Alex resolve dar uma manutenção nas armas que seriam utilizadas no dia seguinte. Vai até a garagem e se assusta com a constatação. O carro não estava. Pensou no pior. Ensaiou, ensaiou e resolveu dar o alarme, primeiro para o diretor do filme, que também se preocupou. Quase ao mesmo tempo, um produtor vem avisar que a sala da produção foi remexida, gavetas abertas. Ninguém imaginou que teria sido Luís Alberto. Sugeriram que se avisasse a polícia do sumiço do carro com as armas. Mas logo a polícia de Ubatuba? A que tinha emprestado as armas que agora estavam sumidas? O delegado seguramente iria ficar louco, capaz até de terminar com a filmagem antes que o filme acabasse. Depois de um tempo, resolveram avisar outra polícia, a Federal, explicando toda a situação. Não havia delegacia da Polícia Federal em Ubatuba. A mais próxima era em São Sebastião, longe umas duas ou três horas. Assim mesmo avisaram, dando detalhes do carro, placas, cor etc. Omitiram, é claro, que o porta-malas estaria cheio de armas de fogo, deixando aquele B.O. para o ladrão do carro. E assim, aos poucos, a confusão ia sendo armada, com maior gravidade quanto mais o tempo passava.

Sem saber dos acontecimentos, Luís Alberto era só alegria. A caranga do diretor agora tinha virado um motelzinho joia no canto mais escurinho de uma praia próxima à cidade. Depois do lesco-lesco com a nova namorada, seguiram para um restaurante. Lá comeria bastante para o efeito da bebida passar. Depois deixaria a garota em sua casa e voltaria, já na madrugada, para a pousada na praia distante, set do filme que fazia.

Na estradinha, sonado, ressacado, só pensava em chegar logo na pousada, dormir e recuperar-se para a filmagem do dia seguinte. Luzes fortes e gestos com as mãos forçaram-no a parar o carro. "Merda, uma blitz e eu sem os documentos do carro!". Tentativa de explicações que não convenceram os policiais. "Desce do carro! Mão na cabeça! Encosta ali na viatura!". Luís sem a menor chance de continuar falando, quanto mais tentar explicar o inexplicável. Finalmente resolvem abrir o porta-malas. "Mão pra trás, algema ele!". Clack. "Algema também a perna!" Clack. "Tá preso. Tráfico de armas!"

Na madrugada, o diretor é acordado por um funcionário da pousada. Telefonema de São Paulo. Era a Polícia Federal informando que o carro tinha sido encontrado, porém retido. Em seu porta-malas fora encontrado farto material bélico sob a responsabilidade do traficante de armas Luís Alberto Oliveira, que se encontrava preso na sede da Polícia Federal em São Paulo, aguardando maiores averiguações.

Luís Alberto puxou uns anos num presidio de Brasilia. Saiu por bom comportamento. Pelo menos é o que consta no prontuário. O filme nunca foi terminado.

A Chegada de Brecht no Brasil

Há uma certa *intelligentsia* na classe artística brasileira que sempre foi muito pedante. Olha as coisas de cima para baixo. Tipos estranhíssimos com sotaques forçados que resultam em diálogos afetados e incompreensíveis. E como se destila bílis! Condena-se um filme ao ostracismo ou ao sucesso com poucas frases. Leva-se um ator ou diretor ao cadafalso ou aos céus com um pequeno adjetivo. É um mundinho curioso e falso.

Foi nesse clima que, muitos anos atrás, anos 50, se soube que o dramaturgo alemão Bertolt Brecht seria encenado pela primeira vez no Brasil. O conceituado encenador Gianni Segatto dirigiria a não menos conceituada atriz Maria Clara Feitosa e um grande elenco. *Terror e Misérias do III Reich*, peça que mostra a barra-pesada do nazismo em sua ascensão. A notícia correu como rastilho de pólvora, principalmente nas lides da supracitada *intelligentsia* brasileira. Nos bares da classe, só se falava nisso. Sempre destilando bílis. "Maria Clara não é, definitivamente, uma atriz brechtiana". "Gianni não tem conhecimento suficiente para encenar Brecht". E junto com as frases, eram despejados montes de interpretações das teses brechtianas, demonstrando como se deveria ou não encenar o autor.

Brecht foi um bambambã do século 20. Dramaturgo e homem de teatro, formulou teorias que sacudiram as estruturas das artes cênicas até os dias de hoje. Desenvolveu o Teatro Épico, em contraponto ao Teatro Dramático, preconizado por Stanislavski. Um teatro que exige comportamentos e atitudes diante do que está sendo dito, tanto dos atores, como dos diretores, cenógrafos, músicos e até do espectador. Brecht é um dos escritores fundamentais do século passado: revolucionou a teoria e a prática da dramaturgia e da encenação, mudou completamente a função e o sentido social do teatro, usando-o como arma poderosa de conscientização e politização. Uma de suas criações principais é o *Verfremdungseffekt*, efeito de distanciamento, ou ainda de estranhamento, que consiste num rompimento da ação que está sendo desenvolvida naquele momento em um espetáculo, levando o espectador a uma reflexão crítica sobre aquela situação. E é sobre esse efeito que vamos falar.

Na encenação de Gianni Segatto, o ponto alto era o momento em que nossa atriz, Maria Clara, interrompia a ação, virava-se para a plateia, dava três passos e dizia na cara do espectador: "Maldita seja a guerra". Depois ela se voltava para o lugar onde estava e continuava a ação. Nos bares e restaurantes da classe, sabia-se de antemão que esse seria o grande momento do espetáculo: a cena do efeito de distanciamento brechtiano. Foram semanas de disse me disse, gente que teria assistido aos ensaios e odiado tal técnica, outros que teriam adorado. E só se falava nisso nas rodas mais inteligentes da cidade. Quanto ao diretor e elenco, estes continuavam reclusos no teatro, ensaiando exaustivamente o espetáculo. Chegavam aos restaurantes tarde da noite e se isolavam em mesas do fundo, sem se relacionar com os colegas ensandecidos e ávidos por informações, por menor que fossem. Maria Clara, visivelmente preocupada, bebia mais que o seu normal, que já não era pouco. Enfim, existia um clima tenso nas semanas que antecediam a estreia.

E assim se passavam os dias. No teatro, ensaiava-se. Às vezes alguns atores desconfiavam da qualidade do espetáculo e essa desconfiança alimentava o grupo dos fofoqueiros que colocavam todo o projeto sob suspeita. Nos bares, conforme a proximidade da estreia, a conversa fervilhava em torno das teses brechtianas. Alguns andavam com livros de Brecht e os exibiam como raros troféus nas mesas dos bares. O clima tenso podia ser percebido de longe. A *intelligentsia* detonava o espetáculo que ainda não tinha sequer visto. Todos aguardavam sedentos a cena em que seria aplicada a técnica do *Verfremdungseffekt*, apostando em seu fracasso, ou em seu sucesso. Os ingressos para o espetáculo estavam esgotados. Conseguir um era uma tarefa impossível. E Gianni Segatto ensaiava, Maria Clara bebia e a *intelligentsia* destilava bílis, cada dia mais.

Véspera da estreia! Os cadernos culturais dos jornais davam em primeira página notícias da estreia de uma peça de Bertolt Brecht no Brasil. Um clima eufórico, misturado com a desconfiança. No teatro, filas de pessoas trocando os convites por ingressos para garantir seus lugares. Os atores nitidamente nervosos. Maria Clara mais ainda, amainava seu nervosismo com vários goles de conhaque. O ensaio geral começou à meia-noite. Tenso e desastrado. Existe uma mítica que diz que quando o ensaio geral não é bom, a estreia é. E foi essa a tônica da preleção de Gianni ao elenco depois do ensaio: todos para casa, descansar e, amanhã, ganhar o público na garra, na vontade de acertar. Citou a importância do evento. Citou também a importância da chegada de Brecht ao Brasil. E desejou "merda" para todos, dentro da tradição teatral.

A noite foi péssima para Maria Clara Feitosa. Nervosa e insegura, não conseguia dormir. Conseguiu já dia raiando, ajudada por soníferos fortes engolidos com goladas de conhaque. Chegou cedo ao teatro e se trancou em seu camarim. Tentou dormir, sem conseguir. A barulheira dos retoques finais do espetáculo não lhe dava paz. Buquês de flores chegavam ao camarim a toda hora. Cartões de sucesso, felicidades etc. A garrafa de conhaque esvaziava a olhos vistos. No início da noite, abriu uma segunda. Ela se segurava, balançava mas não caía. Ficou até calma, uma espécie de torpor facilitado pelo álcool ingerido. Toca o primeiro sinal.

O saguão do teatro pululava. Todos estavam lá. Atores, diretores, críticos. A nata da nossa *intelligentsia* também, ferina, atenta a tudo e a todos. Aos poucos a seleta audiência adentrava a sala de espetáculos a tempo de se sentar em seus lugares.

Começa o espetáculo. Tudo caminhando a contento. A plateia reagia bem, aplaudindo, rindo, se emocionando. Aproxima-se o momento em que o *Verfremdungseffekt* seria aplicado. Antes de entrar, Maria Clara dá uma última e generosa golada na garrafinha de conhaque e adentra o palco. A cena se desenvolve com alta dramaticidade. Apesar do quase imperceptível torpor alcoólico, a atriz desempenha muito bem o seu papel, fazendo com que todos se emocionem. Finalmente o momento tão aguardado. Gianni se aproxima da coxia e lá fica escondido pela cortina, para observar a atriz e a reação dos espectadores.

Recapitulando: Maria Clara interpelava um nazista. Num determinado momento ela virava seu rosto para a plateia e encarava, olho no olho, os espectadores. Dava três passos na direção do proscênio e dizia em alto e bom som: "Maldita seja a guerra". Virava-se de novo, voltava os três passos, encarava o nazista e a cena continuava. O álcool a traiu e Maria Clara errou. Deu quatro passos para o proscênio e caiu no fosso da orquestra, em cima da bateria, o que causou um barulho descabido. Fez-se em seguida um silêncio sepulcral no teatro. Gianni querendo se aproximar mais para ver o que havia acontecido. No rosto dos outros atores em cena, o retrato da angústia. Rabos de olhos tentando se aproximar do fosso para estimar o estrago. Ninguém saberia calcular o tempo do silêncio que se fez. Dez, quinze segundos? Um minuto? Cinco minutos? Uma eternidade? Finalmente Maria Clara começa a se movimentar lá embaixo. Pouco a pouco se aproxima da borda do fosso. Coloca a cabeça na beirada, com algumas feridas causadas pelo tombo e, encarando a plateia, diz com a voz embargada pela dor, pelo susto e pelo álcool: "Maldita seja a guerra, ai!". Fez-se um novo silêncio, desta vez para que as pessoas na plateia se entreolhassem. Seria aquilo o famoso *Verfremdungseffekt*? E o aplauso veio, cheio, gostoso. E logo em seguida os gritos de "Brava!! ", "Bravo!!", "Lindo!".

Pronto. Foi assim que Brecht estreou no Brasil.

...CÂMERA,
...AÇÃO!

Olheiras, gemadas e garrafadas

Surpresa. Foi esse o sentimento das pessoas ao lerem as críticas ou ao assistirem ao último filme de Lúcio Batalha, *Segredos de Milena*. Todas as críticas e opiniões tinham o mesmo tom. Lúcio teria realizado um filme amorfo, parado e preguiçoso. Nas rodas da *intelligentsia* não se conseguia conceber tais adjetivos a um trabalho de Lúcio, justo ele, um cineasta inquieto, provocativo. Tinha uma trajetória invejável em sua vida cinematográfica, composta por obras representativas de seu tempo, e agora essa recepção tão negativa de seu filme. Sem aparentar, Lúcio já estava com 80 anos, porém, quem não soubesse sua idade jamais lhe atribuiria tantos anos de vida. Sempre elegante, porte altivo e acompanhado de belas mulheres, se dissesse que tinha 60 e tantos, todos acreditariam. Destacava-se por esses atributos nas estreias de seus filmes e nos festivais. Além de uma saúde invejável, sua cabeça também andava bem. Lúcido, participava de júris de festivais, debates e conferências, sempre trazendo à discussão temas oportunos e interessantes. O pior é que Lúcio não manifestou surpresa diante das críticas, como que admitindo que seriam procedentes e que ele realmente teria realizado um filme amorfo, parado e preguiçoso. Andava ressabiado, tentando entender o que teria acontecido.

Quem trabalhou no filme sabia muito bem o que tinha acontecido. Como sempre, Lúcio cortejou a atriz que fazia o papel principal. Era assim, sempre. Gostava de demorar no flerte. Era um *lover* à antiga. Convidava para um vinho, depois um jantar, depois ainda um show ou um concerto, sempre extremamente repeitoso, galanteador. Sua lábia era irresistível e Cristiane Rios não resistiu e caiu nas garras do diretor. As filmagens começaram exatamente no momento em que ambos estariam prontos para um relacionamento mais *caliente*. O primeiro dia de filmagem foi tranquilo, poucas cenas. Um aquece para a pauleira que viria. À noite, hospedados no hotel próximo à locação, cada um foi para o seu quarto, pois no dia seguinte teriam que acordar muito cedo.

A filmagem foi pesada, muitas cenas e muitas posições de câmera, o que fez com que Lúcio se cansasse bastante. À noite, jantaram, ele e Cristiane, junto com a equipe, e rapidamente se recolheram para o dia seguinte. No corredor dos apartamentos, Cristiane foi se aproximando de Lúcio e deu-lhe o bote ali mesmo, na frente do quarto dele. A porta se abriu e eles foram praticamente abduzidos para dentro do apartamento. Uma noite de gemidos, ais e uis. Na manhã seguinte, bem cedinho, a equipe já se encontrava no salão do café. Seis e meia a produção chama todos para entrarem nas vans que os levarão para a locação e pede para os atores irem para a maquiagem. Lúcio e Cristiane ainda não tinham chegado para o café. Ninguém estranhou. Normal para o chefão da equipe e para a estrela do filme. Lúcio tocou a filmagem na base de muito café e comprimidos para dor de cabeça. Visivelmente cansado, terminou a diária faltando umas duas ou três cenas. Sem problemas, recuperaria no dia seguinte.

A noite foi novamente eufórica no apartamento de Lúcio Batalha. Os dois pombinhos continuaram a diversão da noite anterior, acrescida de gritos e ruídos de prazer. Na manhã seguinte, os dois não desceram para o café e tiveram que ser acordados pelo assistente de direção. Chegaram ao set e viram a equipe toda pronta e em seus lugares, aguardando apenas os dois retardatários que estavam bastante atrasados. É evidente que o dia não rendeu. As cenas penduradas se acumularam. Recuperar aquilo não ia ser fácil. Além do mais, percebendo que não iria dar conta do plano de filmagem, Lúcio matou as cenas filmadas, resolvendo as sequências de maneira amorfa, parada e preguiçosa.

Uma luz amarela acendeu na produção. O assistente foi chamado e cobrado pelos atrasos e pelas cenas penduradas. Falaria com Lúcio e, com certeza, recuperariam amanhã. Não houve filmagem no dia seguinte. Lúcio acordou incapacitado. Aquela atriz era uma loba, um furacão. Insaciável, não deixou Lúcio pregar os olhos a noite toda. Seu corpo de 80 anos não estava suportando aquelas estripolias intermináveis. A folga involuntária estava pondo por terra todo o planejamento do filme. Lúcio e Cristiane não saíram do quarto o dia todo, só aparecendo na hora do jantar. Tomaram uma sopa e voltaram para o ninho. Quem passou pelo corredor naquela madrugada pôde ouvir, alto e bom som, que a brincadeira continuava, desta vez entrecortada por falas de Lúcio implorando para que ela deixasse ele dormir pelo menos alguns minutos.

No café da manhã, previdente, a produção deixou estrategicamente, na mesa do casal, gemadas duplas e bem fortes, para colaborar na recuperação de nosso diretor. Com olheiras profundas cobertas por óculos bem escuros, Lúcio levou o dia de filmagem com dificuldade. Seu assistente tentou lhe ajudar, mas realmente estavam muito atrasados e pouco conseguiram fazer para recuperar as diárias perdidas. Mais uma vez os planos filmados foram assassinados por Lúcio, que só pensava em voltar para o hotel e dormir.

Mas a loba não o deixava em paz. Sorrateira, entrava no quarto durante a madrugada e cutuca aqui, acolá, despertava o diretor para novas brincadeiras. Ana, a camareira, baiana simpática e sorridente, foi escalada para o preparo de garrafadas feitas com as mais diferentes ervas, na tentativa de ressuscitar Lúcio para o filme. Mas a sede de amor era mais forte e nosso diretor sucumbia dia a dia aos ataques daquela tarada, que já estava sendo malvista pela equipe do filme, considerada como responsável pela preguiça de Lúcio.

A filmagem terminou com duas semanas estouradas e causou grande prejuízo para os produtores. Lúcio, durante todo o tempo, ficava sentado em sua cadeira, na frente do *video assist*, mal conseguindo dar os comandos de luz, câmera e ação. Suas olheiras profundas denunciavam noites maldormidas, compensadas por cochiladas involuntárias durante o dia. Muitas vezes toda a equipe aguardava o *corta!* que não vinha. Lúcio tinha dormido durante a cena. Claro que não seria um filme ágil e vibrante, como eram os outros filmes de Lúcio Batalha. Resignado, preparou-se para a enxurrada de críticas negativas ao seu trabalho.

No ano seguinte, já recuperado do fracasso de bilheteria e principalmente de sua saúde, inicia as filmagens de uma nova empreitada. Desta vez a produção se acautelou, colocando o elenco num hotel e a equipe em outro, a pelo menos três quilometros de distância. Tudo correu às mil maravilhas.

O filho do senador

Na metade dos anos 70, o teatro acontecia através de companhias, geralmente de propriedade de atores famosos. As temporadas eram longas em função da popularidade dos artistas, às vezes por um, dois anos, lotando as salas. Ao mesmo tempo, peças politizadas, consequentes. Por isso, o teatro era uma arte respeitada por todos. As companhias viviam de suas bilheterias, suficientes para pagar os gastos de produção, alem dos salários dos atores e técnicos. Depois da temporada principal, os espetáculos ainda excursionavam por todas as capitais do Brasil, tornando a atividade um investimento sólido e lucrativo, além da preocupação fundamental de ser *válido, lúcido e inserido no contexto.*

Assim era também com a companhia de Suzana Junqueira. Atriz das novelas da televisão, audiência garantida pela qualidade de sua atuação, por sua beleza, simpatia e carisma. Todos esses dotes fizeram-na ganhar o simpático apelido de "queridinha do Brasil". Sua empresa ficou famosa por montar, prioritariamente, espetáculos da dramaturgia brasileira que levavam à cena as questões mais importantes da vida do país, naquele período conturbado de ditadura militar. Nesta história, Suzana excursionava pelo Nordeste com *Os Inquisidores*, peça que falava, através de metáforas, da violência da ditadura e de uma Justiça corrompida e servil. Um sucesso estrondoso em São Paulo e no Rio. Elenco de mais de quinze atores, montagem grandiosa, com vários técnicos, iluminadores, camareiras, maquinistas. E a presença de Suzana, que naquele momento estava no auge do seu sucesso, com a novela *Por amor*. Casas lotadíssimas garantiam a realização de sessões de quarta a domingo em todas as cidades em que eles se apresentavam. Todos estavam felizes com aquela excursão, atores e técnicos bem pagos, instalados nos melhores hotéis da cidade, comendo sempre do bom e do melhor. Suzana, sempre preocupada com seu elenco e equipe, levava-os para todos os eventos, e não eram poucos, que as cidades ofereciam, coquetéis, recepções, jantares e passeios de jangada, bugues etc.

O teatro é uma irmandade, atores e técnicos estão sempre juntos, num verdadeiro congraçamento, principalmente quando fora de sua cidade de origem. Trabalha-se muito, deslocando-se semanalmente entre as cidades, com montagens e desmontagens de cenários. Preparação de iluminação, em geral complexa, além de ensaios constantes adaptando o espetáculo para palcos que variam de tamanho a cada teatro em que se apresentam. Mas também todo mundo se diverte muito. As excursões teatrais permitem que seus participantes conheçam a vida das cidades, em passeios e comilanças inesquecíveis. Tomar sol nas praias mais badaladas, compras de rendas, redes, artesanato, sorvetes e sucos de frutas exóticas jamais experimentados anteriormente. O elenco, a produção e a equipe técnica do espetáculo ficam unidos dia e noite, por várias semanas, meses, na pauleira e no bem bom. Isso transforma todos numa grande família, pelo menos no tempo em que estão viajando.

Naquela semana, a *família* se sentiu ameaçada. Ocorre que Felicianinho, filho do senador Feliciano Torquato, uma espécie de dono da cidade e do estado, usineiro riquíssimo e político notadamente corrupto, soube da chegada à cidade de Suzana Junqueira. Numa noitada regada a uísque, vinhos, champagne e muita cocaína, Felicianinho, em momento de total bravata, apostou que sairia com a atriz, convidando-a para jantar e, mais que isso, que a comeria em sua casa de praia. Aposta feita, ele iniciou a jornada rumo ao seu objetivo. Na noite de estreia do espetáculo, o senador ofereceu um coquetel ao elenco do espetáculo, no melhor restaurante da cidade. É claro que, além do elenco, toda a *família* foi junto, já causando espécie àquela burguesia nojenta e preconceituosa. Eletricistas, maquinistas, contrarregras e camareiras eram os *feios, sujos* e *malditos* que contrastavam naquele ambiente. Suzana, nem aí, procurava aproveitar ao máximo o que lhe ofereciam, além de garantir que todos os seus *familiares* fizessem o mesmo. E assim corria a noite, todos cagando e andando para a sociedade local, comiam e bebiam do melhor que lhes era oferecido. Num determinado momento, Felicianinho aborda Suzana, galanteador. Ela, mais que esperta nessas artes, se desviava com graça e glamour das investidas do playboyzinho maior da cidade. Felicianinho, resignado, pegou leve naquele primeiro encontro. Dia seguinte, anoitecendo, Suzana chega ao teatro e entra em seu camarim. Um enorme buquê de flores a espera e, junto, um cartão, sugerindo um encontro no melhor restaurante da cidade, logo após o espetáculo. A *família*, solidária, a salvou da roubada, inventando um ensaio para depois do espetáculo que iria sabe-se lá até que horas da madrugada. No dia seguinte, na piscina do hotel, mais uma investida do playboy. Convidou toda a *família* para um passeio de saveiro pela orla da cidade. Lá, dentro do barco, teria tempo para cortejar a atriz, marcando alguma coisa para a noite, ou no máximo para o sábado em sua casa de praia. Suzana, retribuindo o convite para o passeio, fez questão de convidar Felicianinho para a sessão daquela noite, deixando dúbia sua vontade ou não de estar com ele. Felicianinho assistiu e odiou o espetáculo, aquela coisa de comunistas safados, mas a vontade de ter Suzana falava mais alto. No espetáculo ela esbanjava sensualidade com sua personagem, fazendo os pensamentos do jovem filho do senador voarem alto, se imaginando a sós com aquela mulher maravilhosa e sedutora. Mal termina o espetáculo, Felicianinho se arvora ao corredor que dá para os camarins e chega à porta do de Suzana. Lá, postada como um cão de guarda, Rose, a camareira, impede a entrada do almofadinha dizendo que Suzana estava tomando banho e que receberia os convidados no palco, logo em seguida. Os planos de Felicianinho foram por água abaixo quando percebeu que haveria uma festinha de aniversário de um dos atores do espetáculo. Um bolo com velinhas e garrafas de cerveja e refrigerante adentraram o palco e a providencial comemoração salvou Suzana das garras do insistente Felicianinho. Num momento de descuido do playboy, Suzana sumiu pelo fundo do palco e, guiada pelos técnicos, fugiu do lugar, indo para a segurança de seu quarto do hotel.

Sábado era a última oportunidade para Felicianinho. Logo pela manhã foi para o hotel onde a companhia estava hospedada, posicionando-se numa mesa estrategicamente colocada perto da entrada do salão onde o café era servido. Suzana teria de passar por lá e, seguramente, não faria a grosseria de não querer se sentar com ele. E assim foi. Quando ela adentrou o salão, rapidamente Felicianinho se levantou, indicando uma cadeira para que ela se sentasse. Sem graça, é claro que ela se sentou. E conversaram, ele galanteador, passava-lhe a lábia. Ela ouvia, sempre com um sorriso de Monalisa nos lábios. De longe, a *família* observava, desconfiada. Ele intimou para que ela, naquela noite, fosse jantar com ele na casa de praia, a uns quinze quilômetros da cidade. Passou-lhe um cartão com o endereço. Depois da sessão se encontrariam lá. Acuada, Suzana disse que sim, estaria lá depois da sessão, melhor, iriam juntos, se ele pudesse buscá-la no teatro. Felicianinho, exultante, saiu rapidamente para preparar a noite de idílio que teria.

O espetáculo daquela noite foi maravilhoso. Era o penúltimo. Na noite seguinte, fariam a última sessão e em seguida seguiriam para a próxima capital, não muito distante. Terminado o espetáculo, Suzana faz uma rápida reunião com a equipe e passa para Rose o cartão que Felicianinho lhe dera. Banho tomado, toda vaporosa e atraente, sai para o encontro com o filho do senador. Perecia cena de cinema. Ele a esperava dentro de um carrão conversível vermelho. Respeitando a tradição nordestina dos coronéis usineiros, vestia um terno de linho branco engomadíssimo. Um lenço no pescoço dava o toque final ao figurino. Ela entrou no carro e seguiram para a casa de praia. Tudo caminhava para o desfecho esperado por Felicianinho.

Para continuar com o clima de cena de cinema, a casa era maravilhosa. No alto de uma duna, envidraçada, tinha uma linda vista para o mar, em seguida a piscina, toda iluminada e cercada de coqueiros. A mesa estava posta no terraço, com apenas dois lugares. Balde com gelo e duas garrafas do melhor champagne francês. Camarões, lagostins, cavaquinhas, mariscos e ostras convidavam para um rega-bofe totalmente afrodisíaco. Tochas iluminavam o ambiente colaborando para deixá-lo bastante sensual. Entraram e imediatamente Felicianinho colocou música. Jazz, saxofone, piano e bateria. Estava tudo certo e completo. Seria naquela noite. Sentaram e logo em seguida uma rolha espocou. Brindaram com goles de champagne. Ele se aproximou dela, acariciando-a. Suzana, um pouco inquieta, escapou, mas tudo com graça e delicadeza. Mais alguns goles e uma nova investida, dessa vez um pouco mais ousada. Pegou-a com força, impedindo que escapasse, e encostou sua boca no pescoço de Suzana. Estava difícil para ela. Forçou um pouco, mas Felicianinho apertou mais seu braço, deixando-a sem espaço para se livrar. Ela falou bem baixinho um "espera um pouco", não obedecido por ele. Em seu ouvido, ele começou a se declarar para a atriz. Ela era a sua fantasia, o objeto de suas vontades, deixava-o louco. E foi se esfregando perigosamente cada vez mais até que...

Buzinas e cantorias se fizeram ouvir lá embaixo no portão. As vans foram subindo pelo caminho iluminado por tochas. Era toda a *trupe* que vinha ao encontro de Suzana, para salvá-la das garras do playboyzinho vilão. Adentraram a casa aos gritos. Alguns mais afobados já foram entrando na cozinha, abrindo geladeiras e pegando cervejas. Outros tirando as roupas e caindo na piscina. Felicianinho, atônito, não sabia o que fazia. Olhava para todos os lados, emburrado. Suzana repetia o seu sorriso de Monalisa, como se não soubesse da surpresa que elenco e equipe estavam fazendo. A mesa com os petiscos afrodisíacos acabou em segundos e foi substituída por outras comidas improvisadas descobertas na despensa da casa. Como que por mágica, o jazz virou um forró animadíssimo e a noitada comeu solta até altas horas.

Algum tempo depois, já na cidade seguinte, receberam a notícia de que, com a aposta perdida, Felicianinho ganhara um novo apelido: *Felicianinho Chupa-Dedo.*

O urso "terrorista"

A noite fria, a garoa fina que cai e as ruas mal-iluminadas contribuem para o clima de insegurança e medo. Ele, ainda jovem, olhos inquietos e assustados, passos rápidos, caminha para o *ponto*. Dobrando a próxima esquina, estará lá um fusca azul, com placas de Porto Alegre. Ele deverá deixar à mostra o exemplar da revista *O Cruzeiro* que tem na capa o casal Tarcísio Meira e Gloria Menezes e seguir em frente até a próxima esquina, tempo suficiente para o fusca ligar o motor, acompanhá-lo guardando uma certa distância, e pegá-lo, quase sem parar o carro. Ele está incomodado, sujo e visivelmente cansado. Não sabe exatamente o que aconteceu, seguramente algo grave, que fez com que o acordassem no meio da noite para este resgate. Com certeza alguém havia *caído* e, sob tortura, *aberto* seu nome. Agora era correr, mudar de *aparelho*, de cara, de tudo. Era essa a sua vida. Militava na organização, encontrava os companheiros em *pontos*, recebia tarefas que deveriam ser cumpridas. Por questões de segurança, não sabia de mais nada, nem como aquilo tudo iria acabar.

Entrou no fusca, logo foi vendado e colocado deitado na parte traseira do carro. Para o seu tamanho, o espaço era pequeno e desajeitado e além do mais o chão do fusca tinha um calombo no meio que pressionava e machucava suas costas. Com atenção ouviu a voz que lhe falava: "Vianna caiu e abriu seu nome. Estamos mudando você para um lugar provisório. Segunda-feira um novo ponto com coordenadas para seu novo aparelho". Era assim, curto e grosso. A ele, bastava cumprir essas ordens e ficar esperto, muito esperto para não *cair*. *Cair* significava o sofrimento, a perspectiva de ter que, sob tortura, *abrir* outros companheiros e desestabilizar a já frágil organização. Silêncio, tensão no ar. O carro anda pelas ruas da cidade fazendo muitas curvas, talvez até com o intuito de desorientá-lo. Depois de algum tempo pararam. Rapidamente ajudaram-no a sair. Caminharam alguns passos na noite fria e entraram em uma pequena porta. Alguém veio recebê-lo e em seguida ouviu-se o motor do fusca indo embora. Ainda vendado, foi conduzido pelo novo anfitrião. Subiram inúmeras escadas, que iam ficando cada vez mais estreitas e perigosas. A última escada era uma do tipo marinheiro, na vertical. Subi-la com os olhos vendados foi uma aventura. Finalmente chegaram ao lugar. Um estrado e um colchão de crina. Retiraram a sua venda e ele, olhos ainda desfocados, tentou perceber onde estava. O companheiro que o levou até lá estrategicamente se colocou numa zona escura, onde não pudesse ser reconhecido. Aos poucos percebeu que estava no urdimento de um teatro. Olhou para baixo e, através do ripado de madeira, identificou lá embaixo, um palco às escuras. "Você está num teatro e deverá sair no domingo. Ainda estamos aguardando informações do seu próximo ponto. Procure não falar com ninguém, nem caminhar por aí à toa. Descendo a escadinha você encontrará um banheiro, com chuveiro. Tem também alguma roupa limpa. Vou trazer comida para você sempre às noites. Agora é ficar quieto e esperar". Pelos seus cálculos, era sexta-feira de madrugada. Ficaria por ali, naquela precariedade até domingo. Desceu para o banheiro, fez suas necessidades e tomou um banho frio. Lavou-se com um pedaço de sabão e colocou roupas que lhe ficaram largas. Mas estavam limpas e até um pouco cheirosas. Deitou e dormiu, estava exausto.

Acordou com a luz do dia batendo em seu rosto, vinda de uma fresta do telhado. Ouviu ruídos e viu lá embaixo alguém varrendo o palco, retirando sobras de cenários da apresentação da noite anterior. O homem começou a subir as escadas que davam para as varandas do teatro e depois para o urdimento. Gelou. No lugar onde estava, seria visto. O velho maquinista subiu até a segunda varanda, puxou uma corda que fez levantar um painel desenhado imenso. Nesse momento, cruzaram seus olhares. O velho fez imediatamente sinal de silêncio, seguido por um positivo com o polegar. Estava sabendo de tudo. Ele arriscou pedir, por mímica, um gole de café, retribuído por um sinal de "espera aí". O café chegou de maneira inusitada: uma garrafa térmica e uma caneca subiram por uma corda até suas mãos. Tomou com prazer e devolveu caneca e garrafa pelo mesmo sistema. Olhou para baixo e viu novamente o sinal de positivo.

O povo do teatro é bastante solidário com os militantes da política. Não são poucas as histórias que mostram gestos de apoio dos artistas às causas importantes na luta contra a ditadura. Podemos citar alguns, como a produção de espetáculos para levantamento de fundos de greve de classes operárias, criação de núcleos de teatro em sindicatos e igrejas, os Centros Populares de Cultura (CPCs), ligados ao movimento estudantil, classe operária e trabalhadores do campo, além de dar guarida a companheiros necessitados de transporte para mudança de lugares, moradia por alguns dias, roupas e alimentos. Isso sem contar a quantidade de artistas e técnicos que se engajaram para valer na luta revolucionária, muitos pagando até com a própria vida.

Aquele café e o gesto de positivo acalmaram o nosso fugitivo. Sabia que estava em boas mãos, gente que iria fazer de tudo para tirá-lo daquela situação. Relaxou e passou o dia vendo o movimento do teatro lá de cima, que começou com a chegada do grupo de teatro infantil. Um rápido aquecimento no palco e logo os atores se dirigiram aos seus camarins para vestirem seus figurinos. Enquanto isso, alguns outros técnicos, sempre orientados por seu amigo do café, montavam os cenários, afinavam refletores e testavam o áudio. Logo ouviu ruídos típicos de crianças ansiosas para ver o espetáculo, gritos, risadas. De repente um escurecimento total, seguido de música e da abertura da pesada cortina, que iluminou feericamente o palco. Era um espetáculo com animais da floresta, que se uniam contra o bicho-homem que insistia em destruir tudo. As crianças acompanhavam cantando as músicas. Termina o espetáculo. A equipe de técnicos se apressa na mudança de cenários e iluminação. Sobe e desce de telões, vão criando uma nova ambientação no palco. Nesse momento, alguma movimentação inesperada no teatro. Vários homens invadem o palco. Do urdimento, não se consegue ouvir o que falam, mas num caso assim, para bom entendedor, nenhuma palavra basta. Estavam em sua captura. Aquele *ponto* também havia *caído*. O velho maquinista interpelava os invasores. Pelo seu gestual deixava claro que não tinha ninguém lá. Que eles estavam atrapalhando o trabalho, que deveria ser feito muito rápido para o espetáculo da noite. Pouco convencidos, os policiais vão saindo não sem antes ameaçarem com palavras tipo "estamos sabendo, vamos voltar, dessa o cara não escapa".

Ficou evidente que uma campana fora montada na frente do teatro para a captura do *terrorista*. Suas chances de escapar agora eram mínimas. Apavorou-se, começou a descer as escadas, teria que encontrar uma maneira de sair dali o quanto antes. Enquanto descia, o velho maquinista subia. Encontraram-se numa varanda, o velho já com o dedo na boca, exigindo silêncio. Comunicaram-se por gestos, que ele se acalmasse por enquanto. Enrolou o dedo indicador no ar, deixando claro que sua fuga se daria amanhã, por ora não dava pra se fazer nada.

Foi uma noite angustiante. Mal conseguiu assistir dali de cima o espetáculo da noite. Dormir então, nem pensar. No meio da madrugada, ouviu ruídos nas escadas e gelou novamente. Depois de um tempo, percebeu que era seu novo amigo, subindo para combinar coisas. Conversaram durante um bom tempo, falando muito, muito baixo. As mãos do velho maquinista desenhavam no ar trajetos, portas se abrindo, rapidez. Depois entregou um papel com alguma anotação. Um novo *ponto*? Olhou atentamente para o papel. Várias vezes. Até decorar seu texto. Rasgou em pedaços minúsculos e jogou-os em diferentes lugares. Agora era esperar o tempo passar, com lentidão já conhecida.

Finalmente a mesma luz do dia penetrando pelas frestas do telhado o despertou. Lá embaixo, no palco, os mesmos funcionários do dia anterior preparam o cenário para o espetáculo infantil. Tenso, ele olha para baixo e vê o velho maquinista repassando com o olhar o que haviam combinado na noite anterior. Começa a peça. Da plateia os sons infantis envolvidos com a cena. Terminada a música inicial, ele começa a descer as escadas até o andar dos camarins. Abre a porta de um deles que está vazio. Ali espera por algum tempo, apenas ouvindo, abafado, os sons que vêm do palco e da plateia. Acordes fortes indicam a última música do espetáculo. Logo surge o maquinista, sempre dedos nos lábios indicando silêncio, que o acompanha até um outro camarim, desta vez ocupado por um jovem ator que acaba de retirar sua roupa de cena. O velho maquinista sempre com o dedo nos lábios pedindo silêncio faz nosso personagem entrar no camarim.

No saguão do teatro lotado, as crianças aguardam ansiosamente a chegada dos atores, vestidos com seus figurinos de bichos da mata. Junto a elas, os tiras, atentos a qualquer movimento diferente, caçam com olhares a sua presa. Os atores chegam, confraternizam com as crianças. Alguns policiais entram rapidamente na sala de espetáculos. Um deles tromba com o último ator, o urso, que vem no sentido contrário. Se desculpam e cada um segue seu caminho. O urso rapidamente sai pela porta do canto e conquista a rua. Dentro do teatro, no camarim, o tira encontra o ator que fazia o papel do urso sentado, retirando a maquiagem. O tira volta correndo para o saguão, empurrando pais e crianças brutalmente. Olha para fora e consegue ver, do outro lado da rua, um táxi carregando um urso peludo, dando uma deliciosa tragada num cigarro, certo de que não seria daquela vez que seria abatido.

Jesus Cristo "gay"

Adolfo Santana era o contrarregra mais sacana do teatro pernambucano. Não dava sossego para nenhum ator que estivesse trabalhando com ele. Gozador, aprontava todas com todos, com a única finalidade de rir da desgraça dos que caíam em suas brincadeiras. Enchia malas com areia molhada só para ver as atrizes tendo que fazer força descomunal para entrar com elas em cena. Colocava água em bacias até a borda, só pra rir dos atores que, entrando em cena desequilibrados até não aguentarem mais, lavavam o palco com a água derramada. Quando terminavam suas cenas, todos saíam putos da vida e Adolfo cínico, cara de que não era com ele.

Naqueles dias, os teatros preparavam seus espetáculos da Paixão de Cristo. A competição entre os teatros pelo melhor espetáculo era acirrada. E o Adamastor não deixava por menos. Gastava muita grana para ser a cada ano melhor que o anterior. Cenários grandiosos, figurinos riquíssimos e efeitos especiais pirotécnicos e impactantes. Adolfo era o encarregado de toda a parte técnica e também da direção de cena do espetáculo. Calculava com precisão as entradas e saídas de atores e figurantes, acionava botões que provocavam chamas, fumaças e outros efeitos que deixavam admirados os espectadores. E, nos tempos livres, pensava em sacanagens que poderiam ser feitas com os artistas. Ocorre que naquele ano, Claudinho, o ator que fazia o Cristo, já estava escaldado. Ameaçador, chegou em Adolfo dizendo que, se acontecesse alguma coisa com ele, teria volta. E ficaram os dois, durante os ensaios, um controlando o outro. Tava na cara que não ia dar em coisa boa.

Claudinho era um ator do Recife. Uma libélula saltitante, rebolava afetadíssimo pelo palco durante os ensaios. Ao mesmo tempo, ferino, cantava os outros atores e técnicos, passando-lhes a mão nas partes mais impróprias, vaivéns insinuantes de línguas enquanto olhava profundamente seus interlocutores. Fazia e acontecia, deixando as pessoas incomodadas. Mas tinha o *physique du role* perfeito para interpretar o Cristo. Magérrimo, barbudo e cabeludo, não tinha pra ninguém. Esse papel, por tradição, era dele.

Os espetáculos da Paixão de Cristo, Festa do Divino, Corpus Christi e Pastoris Natalinos são tradicionais no Brasil. Principalmente nas cidades nordestinas. São espetáculos grandiosos e de público garantido. Várias companhias teatrais tornaram-se reconhecidas nacionalmente pela qualidade artística de suas apresentações dessas festividades. Plinio e Diva Pacheco construíram uma cidade em Fazenda Nova para encenações que duram dias. O público caminha durante o espetáculo em cenários vivos que mostram a *Via Crucis*. Luís Mendonça, diretor teatral pernambucano, trouxe para o "Sul Maravilha" verdadeiras pérolas do espetáculo cômico, popular e brasileiro, apoiado nas festas religiosas. Seu espetáculo *Viva o Cordão Encarnado* é um exemplo. Recriou a figura do Mestre de Pastoril, que conduz a disputa acirrada entre os cordões azul e encarnado. Muita musicalidade, cor e alegria. Porém, de um tempo para cá, as tentativas de desvirtuar esses espetáculos tão autênticos e representativos têm ocorrido de forma ameaçadora. Grandes corporações econômicas, bancos, empresas de petróleo, seguradoras e emissoras de TV, ajudadas pelo poder político dos estados e das cidades, procuram transformar essas manifestações populares em megaeventos globalizados, que passaram a contar com tecnologia de espetáculo vinda do exterior, canhões de luz, trapézios e outros aparatos sofisticados, fumaças coloridas, mirabolantes criações, que vão distanciando o espetáculo de suas primeiras e verdadeiras origens. Isso sem contar com algumas imposições dessas instituições patrocinadoras para que os espetáculos sejam realizados de maneira diferente de suas origens. Passou a ser muito comum vermos uma Paixão de Cristo em que o personagem principal é feito, sem muita convicção, por um ator que despontou numa novela das oito da principal emissora do país, loiríssimo e de olhos verdes, com sotaque carioca.

A encenação daquele ano tinha como ápice uma cena de ascensão do Cristo aos céus, através de uma traquitana preparada por Adolfo. Cordas e roldanas disfarçadas no cenário levantariam o Cristo/Claudinho do chão. Fumaça e efeitos de iluminação ajudariam a criar o impacto para a cena que terminava com o Cristo, braços abertos, lá no alto, num efeito realmente impressionante. Claudinho desde aquele momento não pensou em mais nada. Iria ser a glória ver lá de cima todo o público e o elenco ajoelhado, reverenciando-o. Esqueceu de tudo e de todos, só pensava na plateia aplaudindo-o de pé, aos gritos de *bravo*! Esqueceu até que seria Adolfo, na coxia, que garantiria aquela ascensão suave, puxando as cordas com maestria. Estava na cara que alguma sacanagem iria acontecer.

E na semana que antecedeu a estreia, só se falava no novo espetáculo que o Teatro Adamastor apresentaria, com novos e incríveis efeitos visuais. Uma Paixão de Cristo jamais vista nos palcos do Recife. Os ensaios aconteciam diariamente, tudo normal e tranquilo. Claudinho, de cima de seu pedestal, desdenhava seus companheiros. Adolfo, olhar brilhante, típico de quem vai aprontar, levava os ensaios com profissionalismo irrepreensível, orientando os atores e figurantes, manobrando as traquitanas com precisão. E a cena da ascensão funcionava muito bem, causando todos os efeitos esperados. Tudo indicava que aquela temporada seria tranquila e inesquecível.

Dia da estreia. Teatro lotado. Toda a classe teatral pernambucana disputa por um lugar na plateia, ansiosa para assistir à nova Paixão de Cristo do Adamastor. O elenco, do outro lado da cortina, observa, através de buracos furados estrategicamente, as pessoas que chegam: artistas, críticos, autoridades, gente do governo, o cardeal e vários outros bispos, enfim... a nata da sociedade estava lá para conferir.

Começa a função e, com ela, as sacanagens de Adolfo. Havia uma entrada rápida de centuriões. Os figurantes, posicionados na coxia, aguardavam o sinal para seguir para o palco. Adolfo passou de um a um, falando alguma coisa em seus ouvidos. Enquanto falava, apertava algumas tachinhas em suas capas, contra o chão, deixando-os presos, sem que percebessem. Finalmente, todos devidamente "tachinhados", dava o sinal para que entrassem. Foi uma sucessão de *ais* e *uis*, tombos para trás e ruídos de rasgos de capas, seguido de risadas dos espectadores. Numa entrada pelo fundo, Adolfo colocou um sarrafo atravessando o caminho, pintado na cor do palco. Os atores que por lá entravam levavam pelo menos um tropicão cinematográfico, isso quando não caíam espalhafatosamente no chão, provocando mais risadas da plateia.

Mas a grande aprontada estava reservada para a cena da ascensão do Cristo. Momento emocionante do espetáculo, pelo silêncio percebia-se a importância da cena. As pessoas não se moviam, não respiravam, não piscavam. Um escurecimento, tempo suficiente para que Adolfo e Claudinho se posicionassem atrás de um painel pintado como nuvem. Era um truque simples. Adolfo colocaria dois mosquetões em dois ilhoses escondidos no fraldão que vestia o Cristo. Claudinho, já se sentindo o rei da noite, resolveu crescer pra cima de Adolfo, diminuindo-o: "Vai, lacaio, me prepara pra glória e se ajoelha!". Foi seu momento de infelicidade. Se alguém até hoje perguntar para Adolfo o que aconteceu, ele vai jurar que foi um acidente, que não teve a menor intenção, blá-blá-blá. Mas a verdade é que a glória de Claudinho foi pro brejo. Ainda durante o escurecimento, Adolfo prendeu os mosquetões nos ilhoses e saiu rapidamente para a coxia, mais precisamente para as cordas que içariam nosso Cristo para os céus. Atrás da tapadeira de nuvem, Claudinho circunspecto se prepara para ser puxado. Fumaças invadem a cena e luzes começam a piscar. Música vibrante completa o clima perfeito de ressurreição.

Um detalhe: apenas um dos mosquetões foi prendido no ilhós do fraldão. O outro não. Adolfo começou a puxar as cordas e Claudinho começou a ser içado. Mas por estar preso em apenas um dos lados, começou a girar, girar, cada vez mais rápido, e a se desequilibrar, destruindo completamente sua pose austera de Cristo subindo aos céus. E começou a gritar, cada vez mais alto: "Socorro, socorro, eu vou cair! Socoooorrooo. Adolfo, seu filho da puta!, Socorroooooo!". Da plateia, para a desgraça de Claudinho, se via uma cena bizarra! Um Cristo girando e subindo desequilibrado, xingando alguém. "Adolfo, filho da puta! Eu vou te matar! Socoooorrroooo!".

Meu reino por um cavalo

Bartolomeu Salgado, um velho ator, batia ponto todas as noites no Gigetto, restaurante badalado da classe teatral. Era um grande contador de causos e histórias da profissão e sua mesa ficava repleta de jovens atores que se misturavam aos mais velhos, para ouvirem as incríveis vivências daquele experiente ator. Causos dos mais variados. Engraçados, tristes, inesperados...

Naquela noite, falavam na mesa de saias justas que aconteceram em suas carreiras. Salgado se lembrou de uma imbatível, do tempo em que mambembava em pequenos teatros do interior do país. Produções paupérrimas, condições de trabalho praticamente inexistentes. Levavam um Ricardo III e Salgado fazia o próprio. Figurino deprimente, coroa toda amassada, feita de papel machê, capa adaptada de uma velha cortina desbotada e, o pior, a corcunda do personagem era uma bexiga, colocada sob a roupa. Uma noite, na fala principal da peça, quando o rei Ricardo III se encontra em uma batalha, cercado por seus algozes, já sem chance de fuga, grita: "Um cavalo! Um cavalo! Meu Reino por um cavalo!", e a bexiga/corcunda resolve estourar, provocando risos da plateia. Atônito, sem saber o que fazer, Salgado olha para os lados e depois para os céus. Veio-lhe a ideia e ele completou sem pestanejar: "Milagre, milagre, milagre!!!", e foi saindo de cena, sem esperar as vaias que seguramente viriam da plateia.

Jogo da seleção no teatro

Houve um tempo em que jogo da seleção do Brasil parava o país. Mesmo. Dos anos 50 até a copa de 94, futebol era assunto sério e mobilizava o povão. Timaços de futebol, que jogavam muito mais pela paixão do que pela grana. E essa paixão impregnava todo o Brasil e os brasileiros. O país era só futebol no período da Copa do Mundo. Em dia de jogo da seleção, nem se fala. Ninguem fazia nada o dia inteiro, a não ser se preparar para assistir a partida. Comidas, cerveja, cachaça. E o time colaborava, ganhando sempre e permitindo que a festança se estendesse até altas horas da madrugada. Por pior que estivesse a política ou a economia, a alegria estampada no rosto das pessoas nem deixava ver que esta era uma nação que tinha sérios problemas para resolver.

A seleção de 82 talvez tenha sido a melhor que o Brasil já teve. Sob a direção de Telê Santana, aquele time era imbatível. Jogava com alegria, muita competência e deixava o povão enlouquecido. Zico, Falcão, Sócrates, Cerezo e tantos outros levavam o Brasil para a conquista, tudo levava a crer, de mais um campeonato. Não deu. Perdemos para a Itália ainda nas quartas de final. Mas isso não vem ao caso e, até hoje, os especialistas garantem que aquela foi a melhor seleção brasileira de todos os tempos.

Mas sempre tinha gente que achava que ver os jogos não era tão importante assim e não cancelava outras atividades que aconteciam ao mesmo tempo. Assim foi com o infeliz que criou um edital para patrocínio de teatro justo na Copa de 1982. Desprezando a categoria e a qualidade artística dos jogadores, o sacana incluiu cláusulas no edital que obrigavam que os espetáculos deviam ser realizados de qualquer maneira, até mesmo com um único espectador presente, sob pena de o grupo perder a verba a ele destinada caso algum espetáculo não fosse realizado. E não deu outra. Era um sábado à tarde. Tinha um jogão do Brasil contra a Nova Zelândia. A seleção vinha embalada por uma série de vitórias e só goleadas. O jogo prometia. Nos dias em que o Brasil não tinha jogado, desde a última partida, só se falava no chocolate que a Nova Zelândia iria levar.

E o grupo de teatro tinha espetáculo marcado. Um balde de água gelada na cara! Alguns atores protestaram. Ciça, atriz e administradora do grupo, disse que não tinha jeito. Teriam que fazer, se não perderiam toda a verba. Argumentaram pedindo a mudança do horário. Sem chance também. Restava uma última esperança. Não vir ninguém para assistir. Não havendo público, a culpa não seria deles. Sem público não há espetáculo. E foi aquela a torcida durante os dias que antecederam o sábado fatídico. O jogo do Brasil era às 15 horas e o espetáculo também. Às 14 horas, o elenco entrou no camarim para a maquiagem. Tinha ainda esse agravante. Era um espetáculo para crianças e todos usavam maquiagem pesada de bichos, palhacinhos, bonecas etc. Os atores mais esperançosos de que não viria ninguém protelavam ao máximo o horário da maquiagem e troca de roupas. "É claro que não vai ter espetáculo. Puta jogão, o Brasil vai se classificar pras quartas de final, qual é o louco que vai trocar o futebol por uma pecinha de teatro de um grupo inexpressivo?". Aquilo batia forte em Ciça, que tinha ido atrás do patrocínio, da produção do espetáculo, batalhadora, e que garantia o salário daquele bando de atores, eles sim, inexpressivos. E a discussão começou mais uma vez. Atores brigando para não ter o espetáculo e Ciça mandando que eles se maquiassem agora, pois era a obrigação pro-fis-sio-nal de cada um.

Feridos no brio, começaram a se maquiar e a se vestir. Às 14:45, nenhum ingresso vendido na bilheteria. Ainda dava tempo de tirar a maquiagem e correr para algum bar mais próximo, pedir uma cerva bem gelada e assistir à partida. Mais uma rodada de discussões e mais uma vez a vitória de Ciça, edital em punho, dizendo que sessões só seriam canceladas um minuto *depois* da hora marcada para seu início. Começou uma espera angustiante. Os atores, olhando para o saguão, torcendo para que ninguém entrasse. Os atores e, é claro, os técnicos e os funcionários do teatro, loucos para assistir ao jogo. Todos contra Ciça, a cdf desalmada que estava cagando e andando para a Copa do Mundo e, pior ainda, para a seleção brasileira. Os ponteiros do relógio não andavam. Os olhares não se desviavam da entrada do teatro. E, às 14:54, chegam à bilheteria uma mãe, duas crianças e um pai, ele também emburrado, contrariado por ter que vir no teatro no dia daquele jogaço. Lamentos gerais e o conformismo de que não haveria mais chance de mudança. Fariam o espetáculo, daquele jeito, mas fariam.

Num último lampejo, Alê, o ator mais brigão da ala dos que queriam ver o jogo, fantasiado de coelho, sai sorrateiramente do camarim e vai para a bilheteria, a tempo de ver a cara do pai emburrado, enquadrada na janelinha do guichê. "Boa tarde, o senhor teria alguma objeção se começarmos o espetáculo logo após o jogo de futebol? E desde já convidamos o senhor e sua família para assistir conosco". O pai não deu tempo para que a mãe ou os filhos contestassem. Imediatamente disse que não tinha nenhuma objeção e, mudando o seu semblante, agora feliz e aliviado, agradecia o convite sob olhares fuzilantes da mãe. Veria a partida. E o televisor? Tinham se esquecido desse pequeno detalhe. Prontamente, o vigia do teatro retirou de um armário um ensebado aparelho branco e preto portátil, que foi instalado no palco, virado para a plateia. Auxiliado por um generoso pedaço de palha de aço colocado na antena, o pequeno aparelho gerou uma imagem "de cinema" no momento em que foi ligado, a tempo de acompanharem, e cantarem todos juntos e em pé, mais patrióticos do que nunca, o Hino Nacional Brasileiro. Todos menos, é claro, a emburrada Ciça, que por causa daquele adiamento perderia um compromisso. Além dela, a mãe das crianças, que antevia seus filhos perderem uma tarde cultural no teatro, por um jogo de futebol pela TV.

E o jogo começa. Vista de fora, a cena causava estranheza, sem dúvida. Um bando de pessoas apinhadas na frente de um minúsculo aparelho de TV, algumas maquiadas e vestidas como bichos, palhaços e bonecas, torcendo pelo Brasil. Logo o Brasil marca seu primeiro gol e as pessoas vão relaxando. Algumas partes das pesadas roupas dos personagens vão sendo tiradas. Mas ainda falta alguma coisa. E foi o pai, minutos antes de terminar o primeiro tempo, que dá o toque: "Tá faltando uma cervejinha e uns salgadinhos". Alê, o coelho, não perde a deixa e completa com cara triste de cachorro molhado, ou melhor, de coelho molhado: "Como não entrou dinheiro na bilheteria, estamos descapitalizados, sem nenhum". "Não seja por isso", completou o pai, já tirando umas notas do bolso. "Aqui está o dinheiro dos ingressos. Será que alguma alma caridosa vai até o bar buscar?".

E assim aconteceu. Não houve espetáculo naquela tarde, para tristeza de nossa querida produtora emburrada Ciça e de uma mãe que queria dar cultura para seus filhos. Para todos os efeitos, nenhum ingresso foi comprado. O Brasil goleou mais uma vez e, terminado o jogo, o samba, cantado pelo elenco já bêbado, continuou solto naquele palco daquele pequeno teatro de bairro.

História de fantasma

Teatro e fantasmas sempre andaram juntos, não só nos temas desenvolvidos pelos dramaturgos através dos tempos, mas também nas histórias do dia a dia. Basta lembrar as peças de Shakespeare, em que a presença de espectros é muito frequente. No *Hamlet*, por exemplo, o fantasma do pai aparece para avisar o Príncipe da Dinamarca de que o trono foi conquistado através do crime e do incesto, conclamando-o para a vingança. A fala final do espectro é consagrada dentro da dramaturgia Shakespereana: "Hamlet, lembra-te de mim". Em *A inominável*[1], depois de traído e assassinado pelo então general Macbeth, agora rei da Escócia, o fantasma de Banquo surge, para vingar-se, ocupando sua cadeira no banquete, provocando a ira do agora Rei: "Arreda-te e sai da minha vista... Que a terra te esconda! Teus ossos não têm medula, teu sangue é frio, não tens olhar nesses olhos que reluzem!". Na dramaturgia brasileira, um exemplo é o do surgimento de Nossa Senhora de Aparecida em *O Auto da Compadecida*, para decidir o destino dos dois malandros, Chicó e João Grilo.

---

[1] Trata-se de *Macbeth*. Segundo a tradição teatral a tragédia não pode ter seu nome pronunciado, caso contrário cairão grandes males sobre quem assim o fizer. Por isso é comum referirem-se à ela como *A inominável*, *A peça*, ou ainda *Aquela*.

Isso sem contar as inúmeras histórias de fantasmas em teatros que são passadas de geração em geração, criando um verdadeiro folclore a respeito. O maior exemplo disso é Seu Arlindo, guarda do Teatro Municipal de São Paulo nos anos 70, que contava, sem a menor cerimônia, causos ocorridos com os fantasmas daquele teatro: récitas de solistas de ópera dedicadas a ele, exclusivamente, cantadas à noite, no palco. Ou ainda, durante uma exposição de figurinos de espetáculos pertencentes ao acervo do Municipal, às noites, ocasião em que solistas e atores que teriam usado aquelas roupas voltavam a usá-las em bailes de gala realizados no *foyer*, onde o simplório Arlindo era o convidado especial.

Ou ainda Luizinho, o eletricista e iluminador do Teatro São Pedro de São Paulo, que montou durante uma madrugada a luz de um espetáculo, auxiliado por um colega *inexistente*. Ele jurava de pés juntos que assim que terminaram o trabalho o ajudante evaporou no ar, na sua frente.

Havia um teatro em São Paulo que era sujo e malcuidado, porém numa localização invejável, próximo ao Centro e com facilidade de estacionamento. O Grupo de Teatro da Cidade preparava seu novo espetáculo naquela sala. Zé Eduardo Correa, o diretor, ensaiava naquele dia cenas com o coro que se juntaria à encenação. Tudo caminhava normal, com exceção de um dos figurantes, que brincava muito, não fixava as marcas e falava alto, destoando dos restantes. Aquilo foi irritando Zé Eduardo, que resolveu chamar o figurante em seus brios. O cara escutava, escutava, mas não mudava. E seguiram os dias de ensaio, com aquele sujeito estranho, enchendo o saco de todos. Era de uma palidez assustadora e vestia-se com uma roupa histriônica: paletó xadrez, gravatinha borboleta amarela e um chapeuzinho roxo. Cantava alto, destacando sua voz da dos outros e, o que é pior, desafinando. Dançava errado, comprometendo as coreografias, virando-se para o lado contrário ao das outras pessoas, dando pulos e piruetas não previamente marcadas. Zé Eduardo, já cheio daquele cara, resolveu demiti-lo, pensando principalmente na qualidade do espetáculo que estava sendo comprometida por aquele porra-louca. E assim fez.

À noite, em sua casa, Zé Eduardo é perturbado por uma campainha altas horas. Sonado, abre a porta e dá de cara com o figurante, que veio implorar para que não seja despedido, precisava daquele trabalho, tinha mulher grávida em casa, aluguel para pagar, além de dívidas, dívidas e dívidas. Penalizado, Zé Eduardo resolveu dar mais uma chance para aquele coitado. Advertiu-o de que se desse qualquer passo fora da linha, seria cortado do elenco, sem maiores delongas. O figurante concordou e agradeceu de forma estranha, abraçando e beijando nosso diretor. E gritando e dando pulinhos de alegria.

Dia seguinte, tudo igual. Nosso extravagante amigo barbarizou no ensaio, estragando as coreografias e as melodias. Zé Eduardo estourou: "Fora! Já deu! Tá demitido!". O elenco olhava para Zé, sem entender. Nosso figurante sai de cena, ele sim entendendo tudo. No bar, Zé encontra o figurante, agora demitido. Evita falar com ele, ficando longe. Não queria mais conversa. Voltando para o teatro, Zé Eduardo propõe para o elenco que passem um primeiro ensaio geral corrido. Todos a postos e tem início o geral. Zé não percebe de cara, mas depois de um tempo vê o nosso figurante em cena, dessa vez fazendo tudo completamente certo, com graça, empenho e vigor. Resolve ficar quieto e aceitar, pois o ensaio correu muito bem.

Mais uns dias se passaram e seguiam com os trabalhos a todo vapor. Nosso figurante realizando tudo muito bem, tinha se transformado na melhor figura do coro, destacando-se entre os demais. Zé Eduardo estava satisfeito. Tinha certeza de que o Grupo de Teatro da Cidade apresentaria um belo espetáculo naquela temporada. O dia da estreia se aproximava. No palco tudo ia bem, mas fora dele não. A plateia e o saguão sujos emanavam um malcheiro e insetos procriavam. Um ambiente desagradável. Zé Eduardo pede para que limpem aquilo, pois a temporada começaria em poucos dias. Qual não foi sua surpresa quando viu, depois do ensaio, uma equipe de faxineiros varrendo e limpando o teatro. Entre eles, nosso figurante, com sua roupa estranha, destoando do resto dos limpadores. Varria dançando e cantando as músicas do espetáculo. Zé riu da situação, apenas isso, afinal ele estava ajudando numa função que não era a sua.

Ensaio geral final. Tensão entre os atores, equipe técnica e produção. Um desastre e, é claro, culpa do nosso figurante que fez tudo errado, detonando coreografias e desafinando mais que nunca. Zé Eduardo possesso, gritando com todos, "Tudo errado, Tudo errado. Assim vai ser um fiasco. Quem inventou esse cara? Tira ele de cena, tá estragando tudo!". E chorou sem saber o que fazer. A essa hora, restava ir pra casa, dormir e voltar no dia seguinte para fazer o primeiro espetáculo, rezando pra que tudo desse certo. Antes de sair do teatro, sentiu um cheiro forte, muito ruim. Destemperou com o pessoal da produção pedindo para que definitivamente limpassem aquele teatro, pois o cheiro estava insuportável, devia ter bicho morto escondido em algum lugar.

Dia seguinte, dia de estreia. Zé Eduardo chega cedo ao teatro. Uma aglomeração na porta, carros de polícia e dos bombeiros. Alguém da produção vem lhe avisar que tinham descoberto no porão um corpo em avançado estado de putrefação. A mulher do cara tinha ido lá, dizendo que o marido não aparecia em casa há alguns dias, estava preocupada. Fizeram uma busca detalhada até descobrirem o corpo no porão. Tinha levado um choque muito forte de fiação desencapada. Zé Eduardo entrou, não sem antes vislumbrar entre os panos que cobriam o corpo pedaços de um paletó xadrez, uma gravata borboleta amarela e um chapeuzinho roxo.

Naquela noite, o espetáculo estreou dando tudo certo. Tinham realizado um belíssimo trabalho. Os aplausos em cena aberta e os risos atestavam a qualidade da realização. Uma curiosidade: dando piscadelas cúmplices para Zé Eduardo, que estava na plateia, nosso querido figurante dançou e cantou como nunca, destacando-se pelo empenho e por seu figurino curioso. Paletó xadrez, gravata borboleta amarela e chapeuzinho roxo.

KABOOM!

Patético

Havia repetido o ritual de posicionamento das câmeras e seus operadores por oito vezes. Uma cena de explosão de uma casa num filme de baixo orçamento. A maior parte do pouco dinheiro que existia estava sendo investido naquela cena, climax da história que o longa-metragem contava. Nove câmeras! Uma quantidade de explosivos que faria a casa voar pelos ares, através de um detonador pilotado por um técnico em efeitos especiais contratado a peso de ouro. Estava posicionando a nona câmera e seu operador. Explicava, agora pela nona e última vez, o que aconteceria. Quando levantasse a mão direita... disse isso levantando a mão e imediatamente percebeu a besteira que havia cometido. Ouviu a explosão, infeliz, triste. Esperançoso, percorreu os olhos câmera por câmera. Todos também tristes e infelizes. Ninguém tinha conseguido filmar um fotograma sequer. Maldita mania de falar gesticulando.

FIM

Por que me orgulho de ser artista

A atividade artística sempre me fascinou. Atores que em seu trabalho podem representar ou viver qualquer atividade ou qualquer profissão e mais ainda, personagens que não partencem ao nosso mundo, fadas, gnomos, faunos e fantasmas. Também o trabalho dos técnicos, que viabilizam para os atores as possibilidades de voar, morrer, surgir, através de, não menos mágicas, traquitanas e truques. Sou antigo na profissão. Como a maioria, comecei lá debaixo. Fui maquinista, técnico de som, contrarregra, assistente de direção e, depois de muito tempo, cheguei à direção de programas, espetáculos e filmes. Vi muita coisa, mas sobretudo, ouvi. Milhares de causos e histórias que transformam a nossa atividade em única, diferente das que se apoiam nas verdades para existir. Nós, ao contrário, vivemos dos sonhos, das inverdades, o que nos transforma em seres diferentes. Não é à toa que em algumas línguas, o trabalho dos atores é descrito como jogar, brincar. Em inglês a melhor tradução para interpretar é *play*. Em francês *jouer*. Isso demonstra como somos soltos e irreverentes. Só na nossa atividade existe uma profissão tão específica que se chama *contrarregra*, o que expõe nossa maneira indignada de viver, não aceitando o que está previamente colocado como regra geral para se levar a vida. Não existem regras *a priori*.

As regras vão existindo a partir de uma história que vai sendo construída naquele momento. Todo ator ou técnico se orgulha de ter esses componentes anárquicos em sua atividade profissional e é isso que nos transforma em pessoas diferentes, que constroem suas vidas partindo do inconformismo, da irreverência e, por que não, da alegria de viver.

Portanto, vivemos histórias únicas e que por isso merecem ser contadas. Cada filme, cada espetáculo ou programa de televisão é um enorme caldeirão para que outras histórias aconteçam. Na maioria das vezes, confrontando com o viver normal das pessoas. Porque levamos tudo de maneira irreverente, porque vivemos nossas vidas de maneira solidária, porque temos em mente, sempre, a perspectiva da mudança, porque somos livres de preconceitos e, finalmente, porque somos alegres e felizes. As histórias contidas neste livro são uma pequena amostra de como levamos a nossa vida. Procuramos nelas passar um pouco deste *como somos* e, ao mesmo tempo, proporcionar para os leitores momentos de deleite e prazer ao entender o porquê de nosso orgulho por nossa atividade de artistas.

Mario Masetti

Agradecimentos

Aos inúmeros colegas, atores, diretores e técnicos que, ao saberem da ideia de publicação de um livro com essas características, se empenharam em me ajudar, forçando suas cabeças para rememorar histórias e causos.

Um pouco mais especiais, a um grupo de colegas que se reune às segundas-feiras ao redor de uma mesa de sinuca, que mais serve de pretexto para encontros divertidos. Grande parte das histórias aqui contidas foram relembradas entre copos de cerveja, cachaça e péssimas tacadas. Com muito medo de esquecer alguém, obrigado Zé Carlos Machado, Nelson Piovezan Machado, Mario Sergio Loschiavo, Ripa Hommut, Henrique "Taubaté" Lisboa, Will Damas, Spill, Jairo Mattos, Decio Pinto, Luis Carlos Bahia, Cacá Amaral, Marcos Cardeliquio, Luiz Fernando Resende e grande elenco.

Um pouco mais especial ainda ao Walter Breda, velho amigo e companheiro que muito colaborou com este livro, me passando histórias e fazendo uma leitura prévia bastante detalhada.

Nara Gomes, Ugo Giorgetti, Ana Maria Pamplona, Pedro Tiné, pelas leituras prévias.

André Garolli, Carlos Meceni, Luti Angelelli, Natalia Gonsales, Riba Carlovich, Vandi Doratiotto e Umberto Magnani, que, como eu, acreditam em sonhos. E em especial ao Edu Salemi, que escreveu comigo as sinopses para a TV da grande maioria dos causos contados neste livro.

Eliana Sá, Eveline Albuquerque, amigas, editoras, sempre.

Ivani Cardoso, apaixonada pela literatura, que não mede esforços para meus possiveis êxitos.

Eliane Mingues, minha companheira de todas as horas, boas ou más.

Ao teatro, ao cinema e à TV, que nos permitem ter essa atividade maravilhosa.

Sobre seu primeiro romance *Por amor* (Sá Editora, 2013) escreveram críticos e outros escritores:

É de qualidade literária surpreendentemente elevada, além de ser comovente e emocionante, o romance *Por amor*, obra de estreia do bem conhecido cineasta e diretor de teatro Mario Masetti. É uma obra plenamente elaborada e seu autor estreia num nível artístico finamente lavrado com mãos de grande escultor de palavras.

Renato Pompeo – *Diário do Comercio*

O romance não é ruim, nem açucarado. A história de amor a que se refere, com obviedade, é a relação delicada e tensa entre um cuidador e uma senhora que sofre de Alzheimer.

Ronaldo Damásio – Guia de Livros – *Folha de S. Paulo*

Por amor é, pelo seu tom vagamente crepuscular, um romance sobre a decadência. Mas jamais pessimista. Mario Masetti entra na literatura com um belo e ambicioso primeiro livro.

Ugo Giorgetti – *Cineasta*

Mario conseguiu equilibrar tudo com a mão de um romancista experimentado. Ele dominou a técnica e a fala de cada um dos seus incríveis e inesquecíveis personagens.

Mario Prata – *Escritor*

A cena do primeiro banho, com a limpeza das mal-cheirosas "partes íntimas" são de um realismo quase olfativo, sinal de que você tá batendo um bolão no teclado.

Reynaldo Moraes – *Escritor*

Sua literatura tem o fundamento imprescindível de que falava Virginia Woolf: ritmo. Os personagens são ótimos e a história muito comovente. As pessoas depois dos cinquenta tornam-se ou cínicas ou conservadoras ou cansadas e é bom saber que existem pessoas procurando e encontrando novos horizontes.

Luis Alberto de Abreu – *Dramaturgo e roteirista*

Esta obra foi composta por Eveline Albuquerque
em Garamond e impressa em papel pólen soft 70g/m^2
pela Bartira Gráfica e Editora para a
Sá Editora em abril de 2016.